COLLECTION FOLIO

Tonino Benacquista

Porca miseria

Gallimard

Après avoir exercé divers métiers qui ont servi de cadre à ses premiers romans, Tonino Benacquista construit une œuvre dont la notoriété croît sans cesse. Après les intrigues policières de *La maldonne des sleepings* et de *La commedia des ratés*, il écrit *Saga*, qui reçoit le Grand Prix des lectrices de *Elle* en 1998, et *Quelqu'un d'autre*, Grand Prix RTL-*Lire* en 2002. *Nos gloires secrètes*, recueil paru en 2013, a reçu le Grand Prix SGDL de la nouvelle 2014 et le prix de la Nouvelle de l'Académie française 2014.

Scénariste pour la bande dessinée (*L'outremangeur*, *La boîte noire*, illustrés par Jacques Ferrandez), il écrit aussi pour le cinéma : il est coscénariste avec Jacques Audiard de *Sur mes lèvres* et *De battre mon cœur s'est arrêté*, qui leur valent un César en 2002 et en 2006. *Malavita* (2004) a été adapté au cinéma en 2013 par Luc Besson avec Robert De Niro, Michelle Pfeiffer et Tommy Lee Jones dans les rôles principaux.

À mon grand-père Orazio

À la nuit tombée,
nous ressemblons à une famille

Je revois mon père à table, lancé dans une litanie haineuse contre la terre entière, pendant que nous, ses enfants, attendons qu'il boive son dernier verre. Parce qu'il l'a rempli à ras bord, il procède sans la main, et le voilà penché, les lèvres posées sur le rebord du verre pour en aspirer la première gorgée, puis il le vide d'un trait. Il entreprend alors un périlleux parcours vers son lit, seul, ou soutenu par ma mère les soirs où il a forcé la dose ; il se heurte contre une porte, lâche un juron, *porca miseria!*, bouscule la table de chevet où est posé un cendrier, puis s'écroule pour de bon.

Délivrés de sa présence, nous retrouvons l'usage de la parole. Un semblant de gaieté s'invite à table. Nous évoquons notre journée, partageons le dessert s'il y en a, et découvrons dans le programme télé ce que nous réserve l'unique chaîne de l'époque. Cette heure-là est intense. À la nuit tombée, nous ressemblons à une famille.

Le lendemain, à mon réveil, il est parti à l'usine. Au déjeuner, il a déjà son compte. Le dimanche il s'y prend encore plus tôt, sans doute pour affronter l'angoisse de cette morne journée que notre présence n'égaye pas. Nul ne saurait désigner avec certitude l'évènement l'ayant fait basculer dans l'ivrognerie. Il en emportera le mystère avec lui, nous privant d'une explication qui nous aurait aidés à lui pardonner. Aujourd'hui encore, je ne sais pas ce qui l'a poussé à s'abîmer dans l'alcool quarante années durant. J'en ai juste été le témoin.

Parfois, j'essaie de l'imaginer avant le premier verre ; il marche droit, s'adresse à moi sans grogner, garde les yeux grands ouverts. Ses paroles sont saines et sincères. Il ose se montrer affectueux. Cet homme-là valait peut-être qu'on le rencontre. Mais j'ai beau remonter le temps, je ne me souviens pas de mon père à jeun.

*

Le poison qui ronge ma mère est tout autre. Naguère on lui aurait donné le joli nom de mélancolie, trop faible cependant pour traduire toute une vie de renoncement. Jeune fille, en Italie, elle rêve au grand amour à l'ombre des oliviers. Elle est l'aînée des trois sœurs Polsinelli, choyées, instruites et joliment vêtues puisque leur père est tailleur et leur mère couturière. Bien vite, un médecin, aux belles manières, vient demander la main de la délicate Elena.

Or elle croise la route de Cesare qui, l'apercevant, freine les chevaux de son attelage pour jouer les galants. Elle le trouve beau et farouche mais, aux yeux de ses parents, c'est un rustre. Il le prouve en enlevant Elena, comme on se doit de le faire quand on veut une femme. Elle y voit le geste romantique suprême.

Le panache de Cesare s'explique bientôt : sa première femme, morte de la fièvre typhoïde pendant qu'il était au front, lui a laissé la charge d'un fils de deux ans. Voilà Elena contrainte d'improviser des gestes maternels que peut-être elle ne maîtrisera jamais. Peu à peu, elle réalise que l'homme qu'elle vient d'épouser est le veuf inconsolable de sa Carmela, laquelle, par un troublant hasard, s'appelait Polsinelli comme elle. À vingt-deux ans, la mal-mariée pleure déjà son paradis perdu. Elle ne se doute pas qu'elle va connaître un nouvel exil qui, par comparaison, lui fera regretter le premier.

Le musée imaginaire

Dans le musée imaginaire qu'est la mémoire, il m'arrive d'emprunter un long couloir recouvert de photos sous verre, dont certaines datent d'avant ma naissance, entrevues jadis dans un album ou issues de ma seule imagination, qui s'est chargée de reconstituer un moment clé du roman familial. Sur l'une d'elles, au ton sépia, mon père, les rênes de ses chevaux en main, traverse un pont que longe en sens inverse une demoiselle en robe d'été. Ils vont devenir mes parents.

Sur une autre, bien réelle, mes trois sœurs, en pantalons blancs et maillots rayés, posent en rang serré devant l'objectif, des oliviers en arrière-plan. Le photographe leur a-t-il demandé de sourire, ou partagent-elles une vraie joie de revoir leur terre natale après en avoir été éloignées à contrecœur ?

Je retrouve deux d'entre elles, ainsi que mes parents, dans la salle des portraits de mon musée imaginaire où sont regroupés les membres disparus de la famille. De lourds cadres dorés leur donnent du cachet.

Immortalisé dans sa cinquantaine, mon père pose en pied dans un costume gris et des chaussures cirées. La carnation de son visage tire sur le grenat. Ses yeux noirs fixent le visiteur avec un air de défiance. Sur un autre tableau, ma mère. Jamais ils n'auraient accepté de poser ensemble. Elle est assise sur une chaise de cuisine, vêtue d'une blouse de ménagère. Le peintre a su saisir son regard dans toute son absence, avec cet éternel reflet d'inquiétude.

Mes grands-parents, oncles et tantes ont tous vécu en Italie ou aux États-Unis, aucun ne s'est donc fait une place dans ma salle des portraits, qui n'en contient que quatre. Il en est cependant de plus réduites encore; j'ai connu des individus n'ayant accroché qu'un unique tableau dans cette salle-là, en général celui du père ou de la mère, œuvre-phare de leur musée imaginaire.

Dans le mien, on ne trouve, à mon grand regret, aucun paysage. J'ai entassé au pied d'une cimaise quelques cadres vides comme autant de souvenirs manquants : une maison de campagne dans son écrin vert, une marine avec une barque amarrée à un ponton, un coucher de soleil d'inspiration impressionniste, un coin de nature où l'on augure de finir ses jours. Sans doute n'ai-je pas su être attentif à la beauté des lieux, ou bien n'en ai-je habité aucun assez longtemps pour me sentir un jour habité par lui.

Je ne possède aucune relique familiale, ni

meubles, ni bibelots, ni bijoux – à la mort de notre père, ma sœur Yolande a conservé dans une boîte en métal sa montre et son dernier paquet de Gauloises. Au fil du temps, je me suis débarrassé des objets sans réelle nécessité, comme si, ma vie durant, j'avais craint l'entassement extérieur pour ne me soucier que de mon capharnaüm intérieur. Il y a cependant dans mon musée imaginaire un petit cabinet de curiosités regroupant, telles des statuettes sur des socles, les rares objets de ma vie ayant une valeur symbolique ; une valise fermée par une sangle, un électrophone Teppaz avec des 45 tours d'Adriano Celentano, un échiquier sans ses pièces, une machine à écrire en bakélite, une ceinture jaune de judo, un blouson en tissu rouge recouvert d'écussons, un téléviseur de la marque Telefunken, et rien d'autre.

Dans une salle plongée dans la pénombre crépite un projecteur en seize images seconde. À son entrée, une inscription : « Préhistoire italienne ». On y passe de courtes archives en noir et blanc, l'imagerie d'une terre qui fut non la mienne, mais celle des miens. Là aussi se confondent des images d'Épinal et des scènes que mes yeux ont bel et bien vues : femmes portant un panier d'osier en équilibre sur leur tête, hommes maniant la fourche, troupeaux de moutons sur des collines pelées, ânes refusant d'avancer sur des chemins cahotants, sorties d'église, processions du 15 août, marchés dont les denrées sont posées à même le sol, cafés sans tables où l'on se presse au comptoir, bureaux de tabac à l'enseigne bleue, places de village où se croisent des passants en bras de chemise ou en débardeur. N'étant pas retourné sur place depuis près de quarante ans, je ne sais pas ce qu'est devenue cette Italie-là. Peut-être s'est-elle ancrée dans le passé pour se préserver des modernités.

La collection figurative, constituée essentiellement de scènes de genre, occupe une aile entière de mon musée imaginaire. Y est accrochée une infinité de toiles représentant la pléiade d'individus qui peuplent mon esprit, vieilles connaissances ou rencontres furtives, figés dans un moment précis, agréable ou non, qui me rattache à eux. Sur des murs chargés à l'excès, se côtoient des situations sans aucun lien chronologique ou thématique. Une professeure de mathématiques, le chignon retenu par un bandeau, me donne une tape sur la tête pour y faire entrer un théorème. Un enfant bossu en duffel-coat subit mes moqueries dans une cour de récréation. Un buraliste napolitain, l'œil aux aguets, me vend une cartouche de cigarettes de contrebande. Un boucher veut me retenir de force devant son étal dont l'odeur de sang me révulse. Roulé en boule dans un fauteuil, un ami terrassé par la dépression me supplie de ne pas le laisser seul. Un vieillard, me voyant dormir à même le sol d'un couloir de train, me trouve une place dans son compartiment. À New York, des jeunes gens jouent la nuit au basket pendant que je m'assoupis sur un banc. Une femme repasse son linge entièrement nue dans l'immeuble d'en face. Un examinateur d'anglais m'affirme que tôt ou tard je vais « casser comme un ressort trop tendu ». Une très jolie fille me guette au coin d'une rue dans un coupé vert pomme. Un forain trapu veut ma peau. En proie au plaisir risqué de la réminiscence, je peux rester des heures dans cet immense labyrinthe sans savoir où il va me conduire. J'y éprouve le sentiment illusoire mais plaisant de n'avoir rien oublié de la multitude d'interactions humaines qui me constituent comme une mosaïque. C'est dans cet aréopage que je puise pour créer mes personnages de fiction, volant à celui-ci un détail physique, à celle-là un trait de caractère, que j'agrège selon mes besoins et mes envies.

Je passe plus de temps encore dans la galerie consacrée à l'art abstrait. Elle regroupe des toiles aux motifs affranchis des apparences visibles du réel : sujets déstructurés, fragments réassemblés, entrelacs biscornus, éruptions chromatiques, jaillissements, coulures. Hermétiques, exigeantes, elles me demandent un effort constant d'interprétation. Elles illustrent mes états d'âme, mes questionnements, et d'une manière générale tout ce qui de mon passé reste inabouti ou irrésolu, idéaux abandonnés, rancœurs inoubliées, désirs inassouvis à jamais, doutes, frustrations incurables, malentendus persistants, langueurs, certitudes revues à la baisse, lâchetés éternelles. C'est dans ce bric-à-brac mental que je puise la matière de mes romans. Je suis un visiteur opiniâtre en quête de vérités dont la plupart resteront cryptées.

Dans le musée imaginaire qu'est la mémoire, il

est des œuvres indésirables que notre inconscient a obstinément stockées dans les réserves. Celles que les psychanalystes s'impatientent d'entrouvrir, sans y parvenir, même quand on les y invite. C'est le lieu de l'inavouable. Je m'y égare à contrecœur, ou bien est-ce l'enfant en moi, étonné que de lointains souvenirs fassent encore peur et mal. Des frayeurs intactes, à l'épreuve du temps et de la raison, ressurgissent alors, visions fantasmatiques et cauchemardesques, pulsions morbides soudain réactivées, et avec elles se révèlent mes versants sombres, ardents désirs de vengeance, rages peintes au noir de fiel, inhumanités à vif, obsessions, obsessions et obsessions.

C'est pour ne pas me retrouver piégé dans cette salle-là que je continue d'écrire.

Ceux qui partent, ceux qui restent

La geste de l'émigrant est empreinte de nostalgie et d'espoir. Son imagerie est faite de quais de gare brumeux, de bateaux levant l'ancre, de valises en carton et d'adresses griffonnées sur un bout de papier. Pour chercher fortune, un homme quitte sa femme, ses enfants, son pays, prenant là une décision souvent irréversible dont il porte seul la responsabilité. Mais qu'en est-il du courage de celui qui reste ? N'est-il pas soumis, lui aussi, à un cas de conscience requérant une volonté sans faille ? Sa conviction a-t-elle jamais inspiré les poètes ? Qui racontera son histoire ?

Les Benacquista sont de ceux qui partent. Une vieille habitude, une sale manie, une tentation irrésistible. Certes, il est dit que les Italiens sont un peuple migrateur et que leur diaspora est l'une des plus étendues au monde. Dès 1900, mon grand-père préfère travailler six mois par an sur les chantiers de New York pour s'y remplir les poches de dollars plutôt que d'exploiter sa propre ferme. Il encourage son premier-né à en faire autant. Bien lui en prend : celui-là fait fortune et ne reviendra plus. Cesare, le plus jeune, retenu par la guerre, mal remis d'un veuvage, et bientôt à la tête d'une famille de quatre enfants, est déjà trop vieux pour le rêve américain. Il tente sa chance en France. Mais le temps est révolu où celle-ci accueillait près d'un million d'Italiens pour se reconstruire et se repeupler après l'hécatombe de 1914. Dans les années 50, leur venue n'est plus encouragée que par un patronat soucieux de main-d'œuvre à vil prix. Un cousin invite Cesare à le rejoindre au fond d'une mine de charbon, en Moselle. Après six mois passés dans les entrailles de l'enfer, il se jure de ne pas finir sa vie en gueule noire. Il retourne vers ses enfants, sa campagne, son soleil. Mais l'herbe est décidément plus verte en France. Il apprend qu'un gars de sa région a créé non loin de Paris une petite usine de bateaux de plaisance. Deux ans plus tard, devenu « ouvrier spécialisé » et locataire d'un petit meublé à Vitry-sur-Seine, Val-de-Marne, il peut enfin faire venir sa famille. Mais celle-ci ne veut pas en entendre parler.

Giovanni, son sauvageon de fils, court avec les lièvres et nage avec les truites. On le contraint à devenir ce petit garçon au regard inquiet posant dans un costume étriqué pour la photo de son passeport. Clara, la puînée, quand elle ne s'occupe pas de ses petites sœurs, se laisse volontiers oublier en haut de son arbre, dont elle refuse de descendre quand on la force à le quitter. Leurs appréhensions ne sont rien comparées à celles d'Elena pour qui s'éloigner de sa terre est un déchirement. Ses parents proposent leur aide financière pour la garder au pays. Les Polsinelli sont de ceux qui restent. Les maris de ses sœurs s'en sortent avec un lopin de terre et autant de bouches à nourrir, alors pourquoi le sien s'obstine-t-il ?

J'ai longtemps vu Cesare comme une figure de l'exil, un père courage dévoué au bien des siens malgré le déracinement qu'il leur impose.

Et si l'histoire était tout autre ? Celle d'un irrépressible atavisme, d'un entêtement patriarcal ? Était-ce faillir que de rester ? S'était-il condamné à réussir envers et contre nous ? La destinée d'une famille s'est-elle jouée sur un coup de dés ?

La décision de Cesare est irrévocable. Elena le lui fera payer à sa manière pour le reste de ses jours.

À l'arrivée du train en Gare de Lyon, son père se penche à l'oreille de Clara pour la consoler à bon compte :

— Tu vois là-bas toutes ces lumières ? C'est Paris !

Nous sommes en hiver 54. Le plus froid du XXe siècle.

La gaieté et l'entente

Au croisement des rues de la Gaîté et de l'Entente, une courette donne accès à un bâtiment biscornu de deux étages où logent trois autres familles. Une fois sa valise posée dans ce qui sera sa nouvelle demeure, ma mère n'en sortira plus pendant près de deux ans, gagnée par la dépression. Et jamais elle ne connaîtra ni la gaieté ni l'entente.

Et pourtant, il y a pire terre d'accueil. En banlieue sud de la capitale, Vitry-sur-Seine est une municipalité communiste où l'on a le droit d'être pauvre ou de parler une langue étrangère. Parmi les nouveaux voisins, il y a une famille de saints. Tous les déracinés de la terre n'ont pas eu la chance d'être accueillis par les Vollon. Ils apprennent à mes frère et sœurs les rudiments de la langue et le fonctionnement des administrations, ils écrivent les mots de liaison avec l'école et vont même chez l'épicier du coin pour le préparer à nos visites. Ma mère refusant de s'aventurer dans la rue, Giovanni s'occupe des courses à condition d'avoir en poche une liste et un billet car faire l'appoint en francs l'angoisse – toute sa vie il fera son marché avec une coupure de 100. Dès qu'elle est en âge, Clara s'occupe des démarches administratives : cartes de séjour à la préfecture de Paris, passeport au consulat italien, sécurité sociale, etc. Certaines semaines elle passe plus de temps dans les files d'attente qu'à l'école. Tôt le matin, le père part à vélo à l'usine et en revient le soir avec du bois de chauffe.

Les oncles d'Amérique nous envoient des vêtements, ou dix dollars glissés dans un courrier. Le billet vert étant devenu leur dieu, ils sont persuadés que leur obole représente pour nous une fortune.

Notre banlieue est une sorte d'oxymore. Elle est tranquillement laborieuse. On y vit durablement en transit. Elle impose son développement perpétuel, ici une cité dortoir, là une autoroute. Sans que sa population soit consultée, on la morcelle, on la redistribue, on la restructure. Ses dénominations lui ôtent toute identité : agglomération, périphérie, faubourg, zone suburbaine.

Mais pour l'heure on s'y côtoie encore comme dans un village. Le photographe Robert Doisneau nous la montre capable de fantaisie et de bien-être. Les communautés cohabitent en paix. Aucun d'entre nous ne se fait traiter de macaroni, et le mot *rital* n'a déjà plus rien d'insultant, comme c'était le cas au début du siècle. Malgré les débats sociétaux qui font rage depuis, il m'est impossible, de par ma propre histoire, de voir la France comme un pays raciste. Aujourd'hui encore, il suffit d'évoquer le nom de Vollon pour qu'un Benacquista retienne une larme de reconnaissance.

À ma naissance, se pose la question du prénom : italien ou français parce que né en France ? Ma sœur Iolanda, dix ans, opte pour la version française – elle-même tient à se faire appeler Yolande dans le quartier mais n'obtient qu'un inévitable *Yoyo*. Selon elle, je dois devenir un Daniel. J'aurai plus de chances de m'intégrer qu'un Giovanni, ou un Dario. Pour mettre fin à un vif débat, elle propose un tirage au sort. C'est son Daniel qui sort du chapeau. Alors que l'affaire semble classée, ma mère, pour une fois autoritaire, impose Tonino pour des raisons connues d'elle seule et qui le resteront.

En grandissant, l'idée de porter non un vrai prénom, celui d'Antonio, mais un diminutif me met mal à l'aise. Comment prendre un Tonino au sérieux ? A fortiori avec un nom à rallonge ? Aucune voyelle ne manque. Ce que je redoutais s'accomplit : quiconque s'adresse à moi le fait avec l'accent : Tonnnino Benacquiiista ! C'est gouleyant, ensoleillé, ça rappelle les vacances à Capri. Si l'on veut m'agréer, c'est raté ; je m'interroge trop sur ma « ritalité » pour céder à ce folklore, car les stéréotypes, même bienveillants – pasta, mamma, opéra, mafia, dolce vita –, restent des stéréotypes, qui renseignent avant tout sur ceux qui les véhiculent. Jusque dans les courriers, au lieu d'un *Cher monsieur*, des inconnus me donnent du *Caro Tonino*. Un Daniel aurait inspiré plus de réserve.

À la publication de mon premier roman, j'ai la tentation du pseudonyme mais mon éditeur me l'interdit formellement : selon ses termes, je suis un *nanti patronymique*. Mais aujourd'hui encore, quand j'entends prononcer mes nom et prénom, j'ai l'impression qu'on commande des *spaghetti alle vongole*.

Yolande regrettera son Iolanda en apprenant que c'est le vrai prénom de la chanteuse Dalida, qui tient de ses origines italiennes et égyptiennes une grande partie de son identité et de son charme.

Les affectés

Mes parents subissent. On ne sait pas toujours quoi mais la réponse importe peu. Toute leur identité est contenue dans ce verbe-là, *subir*. Dans leurs gestes, leurs regards, leurs rares paroles et leurs longs silences, ils subissent. Dans ses *Caractères*, La Bruyère les aurait décrits comme des « affectés ».

Lui aime jouer les nécessiteux. Il accepte toutes les aumônes, un billet de dix dollars de son frère millionnaire, le pourboire d'une voisine à qui il rend service, un lot de pêches talées à moitié prix, un imper trouvé on ne sait où, un pot de peinture dont un collègue se débarrasse – et dont lui-même n'a aucun besoin, mais pour profiter pleinement de l'aubaine il va repeindre un volet, un pan de mur, un tabouret, et peu importe si la couleur jure avec l'ensemble, si notre bicoque ressemble à un patchwork. Le sachant à l'affût d'un billet supplémentaire, son patron le rend corvéable à merci, le samedi ou le dimanche. Cesare est pauvre et tient à le faire savoir. Mieux vaut faire pitié qu'envie.

Pour ma mère, la peur est bonne conseillère. Au lieu de nous enseigner la confiance, elle inscrit sciemment l'inquiétude en nous pour nous décourager de toute audace. Qui sait ce que le coin de la rue nous réserve ? Elle sait de quoi elle parle : à peine avait-elle tourné le sien que tous les malheurs du monde se sont abattus sur elle.

Je grandis en terre communiste, où la lecture de classes est tentante. Ainsi, le monde se partagerait en patrons et ouvriers, en bourgeois et prolétaires, en natifs et émigrés. Que dire alors de mon parrain, un copain d'usine de mon père, un *comparo*. Dario est sobre et perpétuellement souriant, il parle un français agile et se montre affectueux avec sa femme, qui elle aussi travaille à l'usine, atelier résine, sans jamais se plaindre des vapeurs toxiques. Ainsi que la plupart des Italiens, ils bâtissent leur pavillon sur un coin de terrain dont ils sont devenus propriétaires. Ils gagnent la place que la France leur a faite. C'est eux que Cocteau a dû croiser quand il a décrété que les Italiens étaient des Français de bonne humeur.

Mon père préfère endosser la posture du déshérité, ma mère celle de la vulnérable. Ni l'un ni l'autre ne nous apprend que nous avons assurément des devoirs, mais aussi des droits. Malgré des papiers en règle, un travail déclaré, des voisins bienveillants, ils ne se débarrassent pas de leur intranquillité, celle du clandestin, comme si, au fond d'eux-mêmes, leur admission ici n'était jamais allée de soi. Malgré eux ils nous lèguent ce sourd sentiment d'usurpation ; nous nous interrogeons sur le bien-fondé de nos besoins, de nos désirs, et appréhendons le bon déroulement d'une démarche administrative qui pourrait par un effet pervers se retourner contre nous, comme si nous étions perpétuellement à la merci d'un coup de tampon. Il nous suffit d'être en situation de compétition pour nous sentir coupables de prétendre à une quelconque ambition, qu'il faudra sans doute payer plus tard, sous une forme ou une autre, il y en a tant.

Un ressenti qui rend caduques les distinctions de naissance et interdit tout manichéisme, car que l'on soit natif ou non, pauvre ou non, instruit ou non, méritant ou non, certains ne connaîtront jamais, du fait d'une fêlure intime, ce sentiment de légitimité, quand d'autres l'ont vissé au corps. Peut-être s'agit-il là d'une loi de répartition naturelle, arbitraire et cruelle.

*

Il arrive aux affectés de sourire, d'un sourire déloyal. Lui me sourit quand il est fin soûl pour me faire croire qu'il ne l'est pas. Il fournit un effort pour lever une paupière, ce qu'il ose faire passer pour un clin d'œil afin de feindre une complicité qui le rend plus pathétique encore. Quand elle est totalement démunie et qu'une décision est à prendre, ma mère sourit telle une petite fille perdue, et ce sera sa seule réponse aux épreuves qu'elle traverse dans sa vallée de larmes.

Les vrais sourires sont ceux de Yolande, la plus jeune de mes sœurs, qu'on dit si peu maligne et qui pourtant est la seule à savoir oublier la tristesse alentour. Un gag de Jerry Lewis évoqué cent fois la fait rire cent fois, elle s'amuse d'un petit-suisse ratatiné dans une coupelle ou d'un nouveau mot bizarre qu'elle répète à outrance. La rue de la Gaîté, c'était en son honneur. C'était elle, la gaieté.

Un fumiste et trois dactylos

« En apprenant que tu allais naître, j'ai espéré un mort-né. »

Me dit mon frère quand je suis en âge de comprendre. De fait, il n'a pas tort. Mes parents, de quarante-trois et trente-neuf ans, n'ont ni l'énergie, ni la place, ni les moyens d'accueillir un nouveau venu. Il s'agit déjà de faire vivre six personnes sur un salaire d'ouvrier que mon père rapporte chaque vendredi soir, en liquide, dans une enveloppe. À quoi bon cette énième bouche à nourrir, cette erreur de fin de parcours, dix ans après Yolande, censée être la dernière ? Quand je lui pose la question, ma mère reconnaît que je n'ai pas été désiré mais elle ajoute pour arrondir les angles : « À part Clara, les autres ne l'étaient pas non plus. » Par la suite, quand Giovanni évoque ma venue au monde, il précise : « J'ai espéré un mort-né, mais quand je t'ai vu je t'ai aimé. »

Il ne se doute pas que pour moi, symboliquement, le mort-né, c'est lui. J'ai trois ans, lui vingt et un quand il quitte le toit parental sans me laisser le temps de faire de lui un modèle masculin décent. Qui n'aurait pas aimé faire les quatre cents coups avec un grand frère pareil, frondeur comme l'enfant des bois qu'il a su rester. « Il perd son temps à l'école, il faut le mettre en apprentissage », dit-on au père, qui parvient à le faire embaucher dans son usine, où il n'apprend rien de plus sinon à balayer et servir de grouillot. C'en est trop pour son orgueil. Sans la moindre notion de chimie, il obtient, avec du siccatif et de l'acétone trouvés dans les bidons d'un atelier, un amalgame assez puissant pour faire exploser un bateau. Plus personne ne cherche à le retenir. Il trouve une place dans une entreprise de ramonage. Le rebelle va devenir un fumiste.

Comme il se doit, c'est un beau gosse qui sait jouer le *latin lover*. Monique, l'une de ses conquêtes, lui dirait volontiers *oui*, mais le volage compte bien le rester. De dépit, elle suit son père militaire, muté à Abidjan mais, impuissante à oublier son *ragazzo*, elle lui envoie de longues lettres passionnées en prenant soin de glisser entre ses pages des papillons géants et colorés comme on en trouve là-bas. Giovanni demande à Clara, plus à l'aise en français, de lui lire à haute voix les courriers. Elle accepte à condition de garder les papillons magnifiques. Qui sont comme le cœur d'une jeune fille qui bat pour le garçon qu'elle n'a pas su épingler.

*

Qui croirait qu'elles sont sœurs ?

Clara s'élève toute seule, ici ou là, chez les copines, dans la rue, où elle apprend tout ce que sa mère ne juge pas nécessaire de lui inculquer, à commencer par le cycle menstruel. Elle transmet son savoir à Anna, qui la suit d'un an, puis à Yolande, de quatre. C'est elle encore qui bientôt aura la charge du nouveau-né que je suis. À l'école, elle suscite la curiosité du fait de sa longue crinière noire, de sa peau mate et de ses anneaux aux oreilles. À la cantine, on lui montre comment manger les coquillettes au gruyère – « Tu vas voir, ça fait des fils » –, elle qui ne connaît que les tagliatelles faites maison. Elle ne ménage pas sa peine pour combler son retard scolaire. Sa maîtresse, pour qui la communale est le lieu premier de l'intégration, la retient en classe durant les récréations pour lui apprendre à ne plus rouler les r. Le soir, elle reste à l'étude pour se colleter aux divisions à deux chiffres ou à l'accord du participe passé. Le week-end, elle révise chez les voisins. Un jour, elle assiste à une leçon sur l'alcoolisme, ses manifestations, ses ravages. Au milieu de vingt petites filles, elle contient le choc d'une pareille révélation : son père a très précisément cette maladie-là.

Anna est surdouée. Ce n'est pas elle qui le dit, c'est l'académie de Créteil. Elle attrape l'arithmétique et l'histoire-géographie comme des maladies infantiles. Deux ans après son arrivée, elle parle et écrit français comme aucun autre élève. Elle nous le prouve à la maison : elle est de corvée de sous-titres quand passe un film en version originale.

À l'inverse, Yolande est un boulet dont la communale voudrait se débarrasser – comme si Anna à la naissance s'était accaparé toute l'intelligence disponible sans en laisser aux suivants. Elle est « indécrottable », ainsi que la qualifie un instituteur : « Benacquista, vous êtes indécrottable. » Oui, Yolande peine. Ça ne rentre pas. Un bloc de résistance au savoir.

Qui croirait qu'elles sont sœurs ?

Clara a déjà son visage d'adulte et porte les cheveux longs. Anna a une tête d'épingle, coiffée garçonne, l'air sévère même quand elle rit. Yolande a une bouille dont on a envie de pincer les joues, l'air rieur même quand elle est sévère. Clara rêve d'être déjà femme, Anna rêve de foutre le camp, Yolande rêve tout court. Clara est une grande flegmatique, Anna une boule d'énergie, Yolande tombe dans les pommes à la moindre occasion. Clara ne réclame pas d'attention, Anna s'agace d'un rien, Yolande boit de l'eau de Javel pour ne pas aller à l'école. Clara, quand elle sera grande, veut devenir esthéticienne, elle s'est renseignée sur la marche à suivre. Anna étant partie pour une brillante scolarité, la directrice de l'école supplie mes parents de la laisser passer en sixième. En revanche nul ne sait ce qu'on va faire de l'indécrottable Yolande.

Qui croirait qu'elles sont sœurs ?

Les trois mettent un point d'honneur à passer le certificat d'études, preuve d'une intégration réussie et seul espoir de se distinguer pour ceux qu'on voue à la vie active dès l'adolescence. Les efforts de Clara ont payé, elle est lauréate. Pour Anna, l'épreuve est un jeu d'enfant. Par miracle, Yolande passe l'examen avec succès et personne n'en revient – il lui faudra une cinquantaine d'années pour avouer comment elle s'y est prise pour que ce miracle advienne. Elles ne se ressemblent en rien et pourtant elles ont obtenu toutes les trois le diplôme, chacune à sa manière. Les voilà prêtes à en découdre selon la voie qu'elles ont choisie.

Or on leur réserve déjà le même avenir. Clara esthéticienne ? Pas question, dit Cesare, ce sera le cours Pigier. Anna, des études ? Trop cher, ce sera le cours Pigier. Comment ? Yolande a obtenu son certificat ? Cours Pigier !

À la fin des Trente Glorieuses, la croissance économique est telle que le monde du travail a besoin de légions entières de sténodactylos. Le cours Pigier, la maison de référence, se charge de les former. En cet âge d'or de l'Olivetti et de la Remington, une fille issue du prolétariat ou des classes moyennes est sûre d'être embauchée dans la journée. Si la place ne lui convient pas, elle a tout loisir de claquer la porte au nez du patron et d'en trouver une autre dès le lendemain. Mon père l'a compris. Cours Pigier. « Papa, je te jure que si tu me laisses suivre ma formation, je... » Non, cours Pigier, *porca miseria* ! Pour éviter les carrières aventureuses et les chemins de traverse : cours Pigier. Pour que les cancres puissent faire une fin : cours Pigier. Mes trois sœurs, si singulières, et déjà si indépendantes, vont devenir trois copistes dans leur version moderne. À la radio on chante *Dactylo... Rock!* C'est à la mode et c'est sexy. La vie peut commencer.

Bien des années plus tard, Clara me raconte le jour où elle devient la première diplômée de la famille. Cesare, qui n'a pas encore abdiqué toute sollicitude paternelle, l'emmène en Vespa chez un bijoutier du centre-ville pour lui offrir sa première montre. Je lui demande quel est le meilleur souvenir de ce jour exceptionnel. La joie d'être lauréate? La montre? La balade en Vespa avec son père?

— Rien de tout ça. Mon meilleur souvenir, c'est qu'il n'a pas bu de toute la journée.

Le plus beau cadeau d'un père à sa fille : un jour entier de lucidité.

Dans la rue, je tiens ma mère par la main pour ne pas qu'elle se perde

La langue française m'est donnée à la naissance. Mes frère et sœurs la parlent désormais couramment. Seuls mes parents s'accrochent à leur dialecte, le *ciociaro*, parlé dans la région du Latium, entre Rome et Naples. Il possède sa propre grammaire, son vocabulaire et son accent rugueux, le tout formant une langue parfaitement idiomatique pour qui a étudié celle de Dante. Quand, pour dire : *Nous y sommes allés*, on dit en italien : *Ci siamo andati*, en *ciociaro* on dit : *Tche zim'id.* Pour ajouter à leur sabir, ils francisent des mots italiens, italianisent des mots français, quand ils ne mélangent pas les deux dans une même phrase. Ainsi, ils emploient systématiquement *pourquoi* au lieu de *parce que*, car en italien on utilise le même mot : *perchè.* Quand j'ai besoin de resserrer les freins de mon vélo, mon père dit : *Va'ha Dario pourquoi lui il a gli shtrumenti* (*Va chez Dario parce qu'il a les outils*). À l'inverse de tant d'autres ritals mettant un point d'honneur à parler un français correct, Cesare et Elena pratiquent une langue déchiffrable par leurs seuls enfants, comme le babil d'un nourrisson par ses parents. Nous habitons rue de la Gaîté, eux *Rrrrou della Gayité*.

Et pourtant mon père connaît le véritable italien depuis son interminable service militaire de deux ans à Bergame, où se côtoyaient Florentins, Romains, Napolitains et Calabrais. Pour mettre de l'ordre dans cette Tour de Babel, et pour contribuer à l'alphabétisation et à l'unification linguistique du pays, on sommait les appelés de quitter leur baragouin pour une langue plus académique – la situation est décrite dans *Padre padrone*, un film des frères Taviani, où l'on voit un jeune Sarde s'entailler la lèvre au canif pour ne pas prendre la parole devant son capitaine et ses camarades de chambrée. Quel dommage que mon père, fort de ce savoir, ne nous donne à entendre que des *Dio maledetto*, et des *porca miseria*.

Les mots français que j'entends ma mère prononcer le plus souvent sont *cholestérol* et *contrariété*. Je m'étonne qu'une femme ayant tant de mal à amadouer sa langue d'adoption puisse connaître deux termes selon moi si savants. *Contrariété* l'emporte de loin. Sans doute l'a-t-elle entendu dans la bouche du docteur Baudoux.

— Alors, qu'est-ce qui ne va pas, madame Benacquist' ? C'est la contrariété ?

Elle finit par se l'approprier comme s'il répondait à toutes ses interrogations, décrivait tous ses états, la débarrassait du devoir d'aller mieux, et qu'une fois prononcé rien ne l'obligeait à développer, tout était dit, *contrariété*. Dès lors, je me fais la promesse de ne laisser personne me définir d'un seul mot, à la façon du docteur Baudoux avec ma mère, madame contrariété.

Les soirs où l'affrontement avec son mari devient inévitable, elle assène le mot *ruine*, en italien, c'est la note la plus aiguë de son lamento, la *rouiiiina*, dont le sens est sans équivoque : c'est l'émigration, le départ maudit, la faute originelle, la source de tous ses maux, la *contrariété* suprême. S'il m'arrive de prendre sa défense face à la hargne de mon père, il me lance « Qu'est-ce que ça peut te foutre à toi ? », curieusement énoncé sans le moindre accent.

Quand mes sœurs partiront, ce qui ne va plus tarder, ce sera à moi de servir d'interface entre mes parents et le reste du monde. J'en ai confirmation le jour où, ses filles étant toutes occupées, c'est ma mère qui m'accompagne quand je dois passer une radio. Nous prenons un bus direction Orly, descendons à la station « Rouget-de-Lisle » à proximité de la clinique où je suis né. Nous voilà dans un dédale de rues dont nous n'identifions pas les noms. Bientôt, je sens sa main se crisper sur la mienne, je lis dans son regard l'inquiétude, et ce qu'elle craint le plus ne manque pas de se produire, la voilà perdue, incapable de demander son chemin. Elle aimerait prononcer la phrase : « Bonjour monsieur, je cherche le cabinet du docteur Thibault, s'il vous plaît ? »

mais, bloquée dans sa gorge, elle la réduit au seul nom du praticien, si bien que les passants voient surgir une dame paniquée lançant des petits cris qui me submergent de honte, *Tibo?... Tibo?... Tibo?* Pourquoi ne pose-t-elle pas la question en italien, ce qui nous ferait passer non pour des demeurés mais peur de simples étrangers? C'est à moi d'intervenir : je suis un autochtone. Dès lors, c'est comme si sa main perdait de sa poigne au profit de la mienne, devenue celle qui guide et rassure. Une fois la visite terminée, je la ramène à bon port.

Jusqu'à ce que je sois en âge de me déplacer seul, elle fait acte de présence silencieuse à mes côtés. Le déroulement des visites chez le docteur Baudoux varie peu; nous avons rendez-vous à quinze heures et il est bientôt presque dix-sept heures, ce qui s'explique quand nous voyons une, puis deux, puis trois personnes arrivées après nous passer avant. Trop intimidée à l'idée de signaler sa présence, elle est de celles qu'on peut oublier dans un coin. N'importe qui d'autre sera prioritaire. En ces murs, Elena fait honneur au mot de *patient*, qu'elle ne connaît pas.

Pour elle, l'attente n'est pas du temps, c'est un état. Je donnerais cher pour savoir de quoi est fait son monologue intérieur, une fois énumérés tous les petits malheurs à venir. Les effacés pensent-ils, rêvent-ils plus fort que les agités?

Quand le docteur Baudoux sort enfin de son cabinet, la salle d'attente est vide. Ou presque. Il s'étonne que nous soyons toujours là. De fait, il est vingt heures passées.

*

Dans la série des révélations qui jalonnent notre enfance, nul ne saurait identifier l'évènement qui nous fait basculer dans l'âge adulte. Est-ce le jour où nous nous sommes vus comme des entités pensantes ? Ou comme des poussières dans l'univers ? Est-ce le jour où nous avons pris conscience que nous étions mortels ? Celui où nous avons découvert le sens de l'altérité ? Celui où nous nous sommes affranchis de l'agrément des maîtres ? Pour ma part je sais dater le jour où j'ai perdu confiance en ma mère.

La Strada et *Les Ritals*

Il est toujours touchant de voir un parent impatient de partager un objet culturel avec son enfant afin de retrouver à travers lui ses exaltations d'antan. Un album de Tintin, une chanson de Boby Lapointe, un film de Jacques Demy, une fable de La Fontaine. Si j'en veux à mes parents de faire si peu d'efforts en français, comment leur reprocher leur manque de culture, y compris celle de leur pays d'origine? Je ne partage avec eux ni chanson populaire, ni vers célèbres, et même si les noms de Michel-Ange ou de Giuseppe Verdi ne leur sont pas inconnus, ils seraient bien en peine de me citer une de leurs œuvres. Avec mes sœurs, l'écart d'âge est tel qu'il nous est impossible de nous instruire ou de nous enthousiasmer des mêmes choses. Une exception cependant nous réunit tous : *La Strada* de Fellini. Nul ne sait qui est ce metteur en scène, nul ne sait ce qu'est un metteur en scène, mais cette rue-là nous appartient comme si nous y habitions. Pour une raison connue d'elle seule, ma sœur Yolande surnomme sa mère « Gelsomina » du nom du petit clown interprété par Giulietta Masina dans le film. Quand il m'arrive de jouer les durs, on me calme aussitôt d'un : « Arrête de faire ton Zampano ! » – le dompteur bourru joué par Anthony Quinn. Il nous suffit d'entendre les premières notes de trompette du thème de Nino Rota pour que nos cœurs se serrent.

Ma culture à moi, je la puise où je peux, et pas à l'école, où les objets d'étude sont objets de tourment, jamais de plaisir. La très anglaise série télé *Le Prisonnier*, bien plus qu'un divertissement, suscite en moi des questionnements indignés. On y suit les mésaventures d'un espion retenu dans un village par une puissante organisation qui le pousse à révéler, y compris sous la torture mentale, ses dossiers top secret. Devant son écran l'enfant s'interroge : n'est-il pas question là de pouvoir et d'oppression ? Il est logique de se poser la question, parce qu'à Paris la révolte gronde : nous sommes en 1968. Si son héros échoue à s'enfuir au fil des treize épisodes, jamais il ne livre le moindre secret. Le prisonnier est en fait un résistant. L'enfant n'est plus indigné mais fasciné.

L'époque est aux comédies de De Funès et de Mel Brooks, aux romans de Guy des Cars et de San Antonio, et, bientôt, aux *Ritals* de Cavanna, qui dans ma rue passent de main en main, comme le manifeste joyeux d'une communauté entière.

Les bandes dessinées circulent dans les quartiers populaires. Avec d'autres gosses nous mettons au point un système de troc. Je te prête mon *Astérix* contre deux *Zembla*. Un *Spirou* vaut deux *Superman*. Dominique est abonné à *Pif Gadget*, Bruno possède l'intégrale des *Lucky Luke*, et Marcello a planqué dans son garage des petites publications paillardes en noir et blanc, des *fumetti* traduits de l'italien, où il nous est donné de voir, pour la première fois, des scènes pornographiques. Parmi les impudiques héroïnes reproduites avec un réalisme saisissant, il y a *Maghella*, catin médiévale et proie perpétuelle des pervers, faunes et sorciers qui hantent les forêts enchantées. Dans l'Enfer de notre bédéthèque commune, elle est notre idole païenne.

Mes goûts plus avouables en la matière se partagent entre deux univers presque opposés, nés de l'imagination de deux scénaristes – scénariste, une profession étrange et encore mal définie qui m'intrigue. Outre-Atlantique, Stan Lee crée des superhéros comme outre-Manche les Beatles enchaînent les tubes. J'ai une affection toute particulière pour *Spider-Man*, sans doute parce qu'il est né, comme moi, en 1961. Sur un coin de trottoir il nous arrive de passer des après-midi à comparer les superpouvoirs des *4 Fantastiques* et des *X-Men*. Cinquante ans plus tard, stars du box-office hollywoodien, les superhéros règnent sur la planète et j'y vois un message inquiétant : sur une terre qu'on dit condamnée, en cette époque désenchantée, les pauvres humains que nous sommes sont en quête de demi-dieux à qui nous devrons bientôt notre salut.

En France, René Goscinny, qui transforme

tout ce qu'il touche en or, mériterait d'être au Panthéon tant l'esprit français lui doit. Outre son Gaulois irréductible, son Petit Nicolas, et son vizir malfaisant, il a créé *Pilote*, « le journal qui s'amuse à réfléchir », et c'est précisément ce à quoi je m'emploie, notamment grâce à Marcel Gotlib et ses *Rubrique-à-brac*, qui va bientôt prendre la toute première place de mon Panthéon personnel. Pour un enfant en quête de repères, l'œuvre de Gotlib est une chance. Il m'attire sur des territoires de la pensée qui me sont encore inconnus, il exalte l'imaginaire au détriment de la logique, il pourfend les préjugés de classe et moque la technocratie. J'y découvre le second degré, l'absurde, et une certaine idée de la subversion. Il lui arrive d'aborder des sujets graves qu'il traite avec pudeur et élégance, la guerre, l'extrême solitude de la condition humaine ou même l'angoisse de donner la vie. Chacune de ses cases me rend un peu moins stupide et c'est sans doute en lisant ses albums que, pour la première fois, l'idée d'Humanisme prend à mes yeux un sens.

La musique est peu présente sous notre toit. Un vieux transistor crachote de la variété entre deux pages publicitaires sur une station périphérique. Sur un électrophone Teppaz, mes sœurs écoutent de la pop anglaise, et moi Adriano Celentano ou *Chansons possibles et impossibles* de Boris Vian. Curieusement, mon père possède aussi son disque, venu d'Italie, ancêtre du livre audio, où une voix vibrante raconte la triste histoire du bandit indépendantiste sicilien Salvatore Giuliano. Son Robin des Bois à lui.

Bien des années plus tard, il me prend l'envie d'emmener mes vieux parents au cinéma, comme eux-mêmes ne l'ont jamais fait avec moi. Contre toute attente, ma mère accepte de se rendre à Paris et mon père met une cravate pour l'occasion. Ce dimanche-là, au Quartier latin, je veille sur eux comme sur des enfants. Et comme des enfants, ils rient et s'émeuvent des mésaventures d'une famille calamiteuse, originaire des Pouilles, dans *Affreux, sales et méchants* d'Ettore Scola. Même si leur langue n'est pas précisément le *ciociaro* de mes parents, ils en savourent la moindre nuance. Pour la toute dernière sortie de leur vie, je tenais à ce qu'ils s'approprient ce film-là comme aucun autre spectateur dans la salle.

Aujourd'hui encore, sur l'idée de culture, j'envie ceux qui savent si bien séparer le bon grain de l'ivraie. J'en suis toujours incapable.

Ne vous mariez jamais

Jamais il ne commence une phrase par : *La vie, tu verras...*

Je ne tiens de lui aucune parole de sagesse, aucune recommandation sur l'avenir, aucun cadeau de son expérience. Je ne l'entends pas m'encourager à faire mes premiers pas ni à tenir en équilibre sur un vélo. Il ne m'apprend ni à me raser ni à planter un clou. Certes, j'entends parler ici ou là des principes fondateurs d'une vie d'homme, des bienfaits du travail, des vertus de la patience et des commandements de l'honnêteté, mais comment les faire siens si aucun être de confiance ne vous les souffle à l'oreille comme un secret dont vous êtes l'unique destinataire ? Même l'idiot, le taiseux, l'égocentrique, le poète ou le tyran, quelles que soient ses valeurs, se sent investi du devoir de les transmettre. Je me serais contenté d'un peu de sens commun, d'un poncif, d'un dicton populaire. Même un proverbe napolitain aurait fait l'affaire.

Aussi, j'élabore mes règles de conduite partout

ailleurs que chez moi, à l'école, au catéchisme, chez les copains, où je vois d'autres pères à l'œuvre, de ceux qui applaudissent leur gosse au stade. Quand ils m'invitent à leur table, je reproduis leurs gestes, paniqué à l'idée de passer pour un mal dégrossi. Craignant de dire une niaiserie, je me contente de répondre à leurs questions par oui ou par non.

Inutile de se tourner du côté d'Elena, innocente de tout, même de bon sens. Quand l'un de nous lui demande comment recoudre un bouton, ou comment obtenir de la polenta à partir de la farine de maïs, elle répond : « Regarde-moi faire. » Se comporter en adulte sachant contredirait en elle l'enfant qu'elle est restée. Elle ne nous dit rien des étapes bonnes et mauvaises qui nous attendent ici-bas, à une exception près, qui lui tient lieu de credo : *Ne vous mariez jamais*.

L'indécente nostalgie des parents

Il est de courtes trêves où l'un comme l'autre oublient leurs ressentiments. Elena, visitée par les anges, évoque les doux moments du passé auprès de ses sœurs ; non des évènements précis ou marquants mais des réminiscences et des sensations qu'elle tente de mettre en mots qui souvent lui manquent, comme *bienveillance* et *délicatesse*. L'essentiel passe dans son regard, traversé d'une lueur de *félicità*. Agacée, Clara préférerait qu'elle nous épargne ses souvenirs heureux de petite fille. Ah comme la vie était douce avant nous.

Cesare revient de bon gré sur ses frasques militaires. Il nous donne là une occasion d'éviter une soirée dont nous connaissons l'issue. Le voilà lancé dans une pantalonnade guerrière digne d'un film de Dino Risi. Après la déroute notoire de l'armée italienne poussée par un Mussolini rêvant de conquérir la Grèce, il se retrouve en terre albanaise, égaré avec une poignée de troufions, sans régiment ni commandement. Il survit comme il peut, déserte volontiers, sauve la vie de son *comparo* d'alors, un poltron d'exception nommé Paolino, il s'improvise cuisinier, mitonne des veloutés de tortue et des minestrones d'herbes folles, échappe aux balles fascistes en se cachant dans les troncs creux. Tout au long de cette folle équipée, il garde dans une poche de son treillis en lambeaux un livre « écrit en grec », qu'il découpe en lamelles pour y rouler ses cigarettes, après cueillette des feuilles de tabac dans les plantations alentour.

J'aime le voir captif de ses souvenirs. L'exercice de narration le rend volubile, il sait mêler l'épique au dérisoire, la grandiloquence de Gassman à la sournoiserie de Sordi. Je comprends mieux les ressorts de la comédie italienne et de ses personnages, rois du système D, dénués de tout sens du devoir, experts en esquives, pacifistes par pragmatisme, couards jusqu'au génie. Comment ne pas y prendre le goût du picaresque ? C'est ce père-là, pied nickelé au pays des va-t-en-guerre, dont je suis fier. Dans une joyeuse inversion des valeurs, sa lâcheté au combat, comme réponse à un commandement absurde et meurtrier, devient une vertu.

Le doute n'est plus permis : il se sentait plus vivant à la guerre qu'ici.

Que faire, sinon féliciter Elena et Cesare d'avoir eu une jeunesse ? À tant regretter le passé, à tant craindre le futur, comment pourraient-ils nous faire aimer le présent ?

Le cimetière naval

La nouvelle bicoque, que Cesare nous a dénichée au flanc de son usine, n'a rien du pavillon cossu né d'un rêve de maçon transalpin. Deux chambres pour six, dont les portes sont perpétuellement ouvertes pour laisser passer la chaleur d'un poêle à mazout. Du formica, du linoléum, des convertibles. RTL le matin, ORTF le soir. Une arrière-cour encombrée d'objets divers où deux figuiers ont poussé. Le quartier est presque entièrement peuplé d'Italiens. Ce sera le lieu de mes premiers souvenirs, des découvertes de l'enfance et de l'apprentissage de la solitude après le départ de mes sœurs. Plus les années passent, plus je déteste cette maison. Je grandis *contre* elle et ce qu'elle représente.

Cependant, elle est dotée d'une installation exceptionnelle qui la rachèterait aux yeux de n'importe quel gosse : un parc d'attractions privatif. Un cimetière naval où sont entreposés des épaves et des moules de bateaux de plaisance qui ont pour nom *Murène*, *Pacha* ou *Impala*. C'est

Saint-Tropez en banlieue rouge. C'est la Riviera sur un terrain vague. S'agissant d'une dépendance de l'usine, j'y suis le seul toléré. À la tête d'une flotte d'une dizaine d'embarcations, j'en choisis une selon l'humeur et prends le large en solitaire.

Quarante ans plus tard, j'apprends qu'un bulldozer a abattu cette masure à l'abandon. Je m'y rends pour la voir réduite en poussière. J'éprouve un plaisir trouble à marcher dans les décombres de briques et de plâtre, de lambeaux de papiers peints. Il me faut la piétiner pour avoir la preuve que j'y ai survécu. J'ai décrit la scène dans un roman. Tout ce qui reste de cette adresse de misère est contenu entre deux pages d'un livre.

Cent fois je suis monté au feu,
cent fois j'ai perdu cette guerre

La lecture n'est pas un refuge mais un fardeau. À la maison, la chose imprimée est pratiquement inexistante ; ma mère ne possède pas même un missel, et mon père, qui a déjà du mal à déchiffrer un nom sur une enveloppe, ne s'empare d'un journal que pour emballer ou colmater. Mes premiers livres sont de rébarbatifs manuels scolaires qu'il faut couvrir le soir de la rentrée et maintenir à distance le reste de l'année. Anna, la douée, est la seule qui lit. Capable de faire abstraction de l'entourage, elle s'isole dans d'épais volumes qui sont pour moi des citadelles imprenables. Elle aime les récits où se mêlent destinations lointaines et amours contrariées. Pearl Buck, Han Suyin, A.J. Cronin. J'y vois d'indéniables noms d'écrivains. Ils *sont* la littérature. J'ai beau me montrer curieux, jamais elle ne cherche à m'inoculer son virus. En revanche Clara, lectrice très occasionnelle, m'offre *La Guerre du feu*, de J.-H. Rosny Aîné, sans doute cité par Mme Dourset, mon institutrice de CM2.

Pas un texte polycopié à l'odeur de solvant, ni un extrait dans un manuel : un vrai livre. Collection « Rouge et Or ». Le tout premier roman de ma vie. Après l'ère des enfantillages et du temps perdu va s'ouvrir celle de l'exaltation et de la connaissance. Un rite de passage. Ce cadeau-là a des superpouvoirs ; je vais accéder à l'invisibilité, je vais me téléporter au pays des histoires, et peut-être ne réapparaîtrai-je dans le réel que pour exiger le silence, comme ma sœur, avant de disparaître à nouveau.

L'instant est solennel. M'inviter dans ce récit est un acte grave. L'évènement qu'on y décrit ne l'est pas moins : l'Humanité va conquérir le feu et quitter l'âge primitif.

Les Oulhamr fuyaient dans la nuit épouvantable. Fous de souffrance et de fatigue, tout leur semblait vain devant la calamité suprême : le Feu était mort.

Les Oulhamr...

Dès le premier mot je marque un temps. Ont-ils existé ? Ai-je entre les mains l'exposé fiable d'une réalité préhistorique ou une hypothèse fictionnée du dénommé Rosny ?

Faire confiance, sinon à quoi bon lire.

Les Oulhamr fuyaient dans la nuit épouvantable. Fous de souffrance et de fatigue, tout leur semblait vain devant la calamité suprême : le Feu était mort.

La scène qui s'impose à moi n'est pas une horde folle de souffrance devant la mort d'un feu dans sa cage, mais celle d'un gosse dans son lit tentant d'atteindre un état de concentration voisin de celui de sa sœur lisant Han Suyin.

Les Oulhamr fuyaient dans la nuit épouvantable.

Envahi de pensées parasites, je lis et relis le premier paragraphe. Suis-je à ce point rétif à l'effort, incapable de fixer mon attention ? La page est parcourue de stries indistinctes. Pourquoi les mots sont-ils soudain vides ?... *l'origine... trois cages... deux guerriers...* Déjà je m'y perds comme dans un labyrinthe... *semblait vain... nuit et jour...* L'esprit absorbé, ailleurs et nulle part, je tourne une page, une autre... *Ils l'élevaient... Quatre femmes...* Je reviens en arrière... *horde... semblait... calamité...* Invariablement, il me faut tout reprendre.

Les Oulhamr fuyaient dans la nuit épouvantable.

Et pourtant, j'ai l'occasion ici d'en apprendre bien plus qu'à l'école. Quatre matières en un seul volume, français, histoire, géographie, mais surtout sciences naturelles. Et tout ça dans le plaisir, n'est-ce pas ce que tout le monde s'évertue à dire ?

... dans la nuit épouvantable...

Suis-je trop impatient pour laisser au romanesque le temps d'opérer ? Paresse mentale, incurie ? Je ne mérite donc pas ce rouge et cet or ? J'en connais, à l'école ou dans ma rue, sur qui les livres exercent un véritable pouvoir d'attraction. Beaucoup sont passés sans heurt de la Bibliothèque Rose à la Verte, leur idole s'appelle Enid Blyton. D'autres en sont déjà aux classiques, *L'Île au trésor* et *Robinson Crusoé*. Je croise aussi des cas graves ; Philippe, chaque mercredi en fin de matinée, est assis sur le trottoir au coin des rues Ampère et Joliot-Curie, un sac en plastique à la main.

— J'attends le bibliobus.

— ... ?

— C'est une camionnette pleine de bouquins.

— ... ?

— Une bibliothèque qui se déplace, si tu préfères.

Catherine, en CM1, a conclu un pacte avec ses parents afin d'avoir le droit de lire à table, en échange de quoi elle quitte son humeur morose et cesse de chipoter son assiette. Nadia est capable d'engloutir un *Club des 5* en une heure chrono et elle le prouve : quand des cousins en visite lui en offrent un, elle le lit in extenso puis le laisse en évidence sur la table basse afin de lancer un message clair : « Celui-là est terminé, pensez au suivant la prochaine fois. » Bruno ne peut s'adonner à sa coupable addiction sans que sa mère lui dise : « Sors donc t'aérer au lieu de passer tes journées à lire ! » Suis-je le seul sain d'esprit dans cette communauté de fous, ou un idiot de village entouré de fins lettrés?

Les Oulhamr fuyaient dans la nuit épouvantable.

Le dessin de couverture représente un homme des cavernes qui court pour échapper à des poursuivants, une branche enflammée dans les mains. À tant la scruter, l'image s'anime, le film se déroule, et ce dix ans avant la célèbre adaptation de Jean-Jacques Annaud.

Les Oulhamr fuyaient...

Ai-je déjà alimenté un feu? Oui, en Italie, dans l'immense cheminée qui sert à la fois de chaudière et de cuisinière à Zia Annunziata. J'avais jeté dans les flammes des feuilles de maïs séchées qui brûlaient bien, des sarments de vigne qui diffusaient une bonne odeur. Parfois, avec Marcello et Rocco, il nous arrive d'allumer des feux de paille dans le terrain vague de la rue Ampère. Claude a réussi à en faire partir un avec une loupe. Ainsi qu'il l'a lu dans un roman de Jules Verne.

Soudain, un regain d'orgueil me fait revenir à la charge. Ne suis-je pas de taille à affronter cette infinité de lignes dans cette infinité de pages?

Or à peine suis-je retourné à l'incipit que ma détermination bat en retraite. Mon imagination entre en résistance. Le solennel a viré à l'inhibition. Les livres sont sans doute des pavés ayant servi à ériger les civilisations mais celui-ci est bien lourd pour mes petites mains.

Fous de souffrance et de fatigue, tout leur semblait vain devant la calamité suprême...

Qui se fiche bien de *ma* souffrance ou de *ma* fatigue? Car soudain tout me semble vain, calamité suprême.

Pour sortir de cette impasse, je me rends à la toute dernière phrase, comme si la résolution allait me donner une clé d'entrée.

Naoh, ayant abaissé sa main sur Gammla, la releva sans rudesse, et les temps sans nombre s'étendaient devant eux.

La manœuvre, pas totalement inutile, m'aura servi à dénigrer l'ouvrage entier : *Tout ça pour ça?* Après tout, ce bouquin n'est qu'un objet, un machin, une chose inanimée. Je le fais tournoyer dans les airs et le rattrape au vol pour lui trouver une utilisation ludique. Je jongle avec, je le pose sur un chambranle de porte, je le fais tenir sur sa tranche. Et j'ai beau poser dessus un bloc-notes, un carré de chocolat, un transistor, il garde toute sa superbe. Je suis le plus ridicule des deux. Ce n'est pas un simple objet inanimé, c'est un livre.

Les Oulhamr fuyaient dans la nuit épouvantable.

Combien de jours, de semaines, de mois a-t-il fallu à Naoh, à force de frotter deux silex, pour enfin faire jaillir une étincelle ? Sans doute bien moins de temps qu'il ne m'en faudra pour créer celle qui embrasera ma lecture et fera de moi, pour la vie, un lecteur ardent.

Les Oulhamr fuyaient dans la nuit épouvantable.

Qu'ils crèvent ! Qu'ils s'entre-tuent nom de dieu ! Dévorés par des tyrannosaures ! Qu'ils meurent de froid ! Qu'ils bouffent crues leurs cuisses de ptérodactyles ! Je m'en fous !

... le Feu était mort.

Le livre se retrouve au pied du lit, moi dans la rue. Et non pour casser un carreau au lance-pierre ou traîner avec la bande des ritals du coin, mais pour ne rien faire du tout, assis sur le perron, vexé d'avoir capitulé. Je préfère le pur ennui à la lecture.

Pourtant je mesure combien, au lieu d'être mon ennemie, elle saurait devenir mon alliée face aux heures, aux jours, aux années qui me séparent de l'âge adulte. Mon alliée dans cette chambre dont il me tarde de foutre le camp. Mon alliée dans la construction du petit garçon que je suis, timide et contemplatif. Et c'est bien là le plus cruel : je suis fait pour la lecture. J'ai tout le temps et la solitude requis pour devenir un dévoreur de livres.

J'ai même un urgent besoin de fuir la pesanteur ambiante. Ô combien j'aurais aimé brûler de ce feu-là ! Je l'aurais chéri à la façon d'un Oulhamr, je l'aurais entretenu avec tout le combustible disponible. Ô combien je serais fier d'avoir lu un livre, un seul. Tout le quartier en serait édifié, Mme Dourset aussi. Et pourtant c'est Naoh, l'Oulhamr, et non moi, qui a quitté l'âge primitif. Si j'avais compté le temps passé à ne pas lire *La Guerre du feu*, j'en serais venu à bout cent fois, car cent fois je suis monté au feu, cent fois j'ai perdu cette guerre.

Dans les temps les plus noirs, il recevait la substance qui le fait vivre. C'est ainsi que commence le deuxième paragraphe, mais je ne le saurai jamais.

De l'ennui

Où ai-je bien pu fourrer mes émois, mes enthousiasmes, mes impatiences ? Ce matin ils étaient là dès mon réveil mais, soudain, sans la moindre raison apparente, ils se sont envolés telle une nuée de moineaux, laissant derrière eux une terre morne et déserte. On voudrait combler le vide qui s'annonce mais tout perd de son attrait à mesure qu'on le cherche. Bientôt, l'on sombre dans une mélancolie sans grâce. Alors on rêvasse au néant, comme le vieux qu'on sera un jour.

L'ennui.

C'est dilapider dès le premier âge tout le temps qui nous manquera plus tard. Le mot méditation, si je le connaissais, donnerait-il quelque valeur à mon ennui ? Le passant me regarderait-il comme un contemplatif et non plus un feignant ? Car il y a de quoi s'interroger sur ce refus absolu de toute exaltation, le don naturel de l'enfant. Quelle force d'inertie l'emporte sur l'appel du dehors, sur la frénésie du jeu, sur toute forme de divertissement ? On voudrait que ce temps perdu ait un sens profond, presque mystique, une longue prière silencieuse. Et si, au fond de moi, comme tous ceux pour qui l'enfance est une punition, je prenais conscience de cette éternité qui me sépare de ma vie d'adulte, provoquant en moi un état de sidération ?

L'ennui. Une supplique pour hâter l'âge d'homme.

*

Et pourtant, partout dans le monde il se passe des choses passionnantes et dramatiques. Des fusées explorent l'univers. Des présidents échappent, ou non, à des attentats. Le Professeur Barnard vient de transplanter un cœur. La voiture d'un juge anti-mafia vient d'exploser. À l'épreuve de saut en hauteur aux jeux Olympiques de Mexico, Dick Fosbury surprend le monde entier en franchissant, pour la toute première fois, la barre sur le dos.

Même dans mon quartier on pourrait en raconter de belles. Des hommes et des femmes s'embrassent dans des voitures discrètement garées dans des ruelles. Des *magliari*, venus de Naples en camionnette, tentent de fourguer aux émigrés du coin des vêtements de provenance douteuse. Le mendiant, avec ses lunettes noires et son banjo, n'est pas du tout aveugle. Le fils Zuccharelli ne sait pas qu'il a été adopté. Mme Dréault cache sous du fond de teint son œil au beurre noir. Le vieux qui porte un ballot de foin sur sa tête a été renversé par des voyous en voiture ; son clan se regroupe pour une vendetta.

Telle la rumeur, une intrigue de quartier en chasse une autre.

Ma rue est peuplée de fictions.

Faux hasards et vrais symboles

Le petit dernier.

Par tradition il faut entendre enfant chéri, enfant roi. Des inconnus le lui répètent à l'envi. « C'est le petit dernier? Ah c'est le chouchou! » Celui-ci ne partage en aucun cas leur avis, mais les grands n'ont-ils pas toujours raison? Le tardillon n'a pas eu le temps de devenir un membre à part entière de sa fratrie. Il n'est pas soudé à elle par une histoire commune, il n'est qu'une note en bas de page du roman familial. Il ne goûte pas aux anecdotes de ses aînés, ni ne partage leurs fous rires à l'évocation d'un cousin du pays. Il n'a jamais reçu la fameuse gifle à trois doigts du redoutable grand-père Orazio. Il n'a pas connu la cour de récréation de l'école Jean-Jaurès, ni les dimanches après-midi où tout le voisinage se regroupait dans une courette devant un téléviseur posé sur une chaise, comme un cinéma à ciel ouvert.

Je vois chacun de mes frère et sœurs fêter leurs vingt et un ans dans l'exultation, jour 1 d'une nouvelle vie. Comment leur en vouloir de leur impatience ? Et comment vont-ils trouver leur propre place dans cette société française où, sans toutefois représenter une deuxième génération, ils sont a priori débarrassés du statut d'immigré ?

Chacun va s'y prendre à sa manière, en obéissant à des impératifs inconscients où les faux hasards et les vrais symboles ont toute leur importance.

*

Mon frère va devenir ce qu'on appelait à l'époque avec un rien de condescendance un « Français moyen ». Il a gardé l'appartement de la rue de la Gaîté pour s'y installer avec une fille du quartier qui lui a demandé de façon ferme quelles étaient ses intentions à son égard. Le turbulent, enfin rangé, est adopté par sa belle-famille, française pur jus. Au fil de ses rares visites à notre nouvelle adresse, j'entrevois les étapes de sa mutation ; son italianité se dissout, il étoffe son langage de mots nouveaux qui m'épatent, *farfelu* ou *énergumène*, et il connaît tous les synonymes du mot partir – trisser, calter, riper –, comme un titi des faubourgs. Dorénavant tout le monde l'appelle « Jean ».

Avec sa femme ils forment une équipe, elle aux livres de comptes, lui à la truelle. Leur rêve est à leur portée : installer leur famille de deux enfants dans un pavillon avec véranda et jardin. Après des années d'emprunts, d'épargne et de restrictions, ils nous invitent à passer un dimanche chez eux. Entre une blanquette de veau et un plateau de fromages – des classiques de la table française que mes parents goûtent avec prudence –, les conversations se croisent, les rires fusent. Cesare tait son éternelle mauvaise humeur et retient sa soif. Son fils a réussi ce que lui-même n'a pas entrepris. Jean est intégré, tiré d'affaire. Il a épousé la France. Elle s'appelle Lucienne Marcelle Proust.

*

Anna va choisir la voie exactement symétrique. Il est dit que dans une famille d'immigrés de trois enfants et plus il s'en trouve toujours un pour retourner au bled. À l'occasion de vacances dans son village natal, elle rencontre son futur mari. Pas un Turinois, ni un Sicilien, mais un gars du cru. Comment s'en étonner? Avec lui, elle rebâtira la maison même où elle a vu le jour, et où elle vivra le reste de sa vie. Comme si elle reprenait son histoire là où elle avait été interrompue et que ce passage en France était une ellipse enfin refermée. La voilà de retour.

*

Yolande vit dans une petite cité résidentielle en banlieue. On ne lui connaît aucune ambition professionnelle ou privée. Elle semble avoir abdiqué tout effort et ne chérit rien d'autre que sa solitude, son sommeil, sa tranquillité d'esprit. La petite fille qu'elle a été se devine dans ses renoncements. *Indécrottable*, aurait dit son vieil instituteur en blouse grise, la règle en main.

*

À sa façon, Clara va reprendre pour elle l'histoire d'amour que sa mère aurait dû vivre. Un jour, elle prend rendez-vous chez le médecin de famille, alors en vacances prolongées – avec ce que lui rapportent les quartiers populaires et les cités ouvrières, sur lesquels il règne en mandarin, il peut se le permettre. Quand on lui propose son remplaçant, elle hésite. Ses préjugés tombent en le voyant, jeune et bel homme, consciencieux, doté d'empathie, le contraire du docteur Baudoux. À peine arrivé dans le coin, il s'est fait une réputation. On dit qu'il a ressuscité des petits vieux que le mandarin avait déjà enterrés. On raconte aussi qu'il a pratiqué d'urgence une trachéotomie avec un couteau de cuisine sur un enfant qui étouffait dans son lit. Clara se plaint à lui de son poids, de ses formes, elle tient à ce qu'on lui prescrive un régime. Quand il lui demande ses vraies raisons de vouloir maigrir, elle dit :

— Qui voudrait d'une fille comme moi ?

Le plus sérieusement du monde, il répond :

— Moi.

Alain a trente-quatre ans, elle vingt-deux. Elle prend à peine le temps de prévenir nos parents que déjà elle habite chez lui. Leur état de pâmoison se prolonge de façon inquiétante ; le médecin sombre dans une langueur inexpliquée, il est privé de ses forces, perd l'usage de la parole, garde le lit. Il ne réclame rien, sinon que Clara reste à ses côtés jour et nuit. Son frère, lui-même médecin, accourt à son chevet. Diagnostic :

— Il est malade d'amour.

— ...? Qu'est-ce qu'on peut faire ?

— Rien, il faut attendre.

Le temps pour lui de réaliser pleinement que la femme qu'il aime a accepté de vivre à ses côtés. Leur histoire ne fait que commencer. Sans en avoir conscience elle a pris le contrepied d'Elena, qui avait éconduit un médecin aux belles manières pour lui préférer un rustre.

*

Il m'arrive de me sentir coupable de n'avoir pas subi les mêmes épreuves qu'eux, le déracinement, le barrage de la langue. À ma majorité, la nationalité française me sera donnée automatiquement, quand ils devront faire une demande de naturalisation. Et voilà bien le seul intérêt d'être né un peu moins tôt que tout le monde.

Quand ils viennent nous visiter, je laisse éclater ma joie, je les noie de paroles trop longtemps retenues, j'invente des stratagèmes pour retarder leur départ, et je les raccompagne à leur voiture pour profiter des dernières secondes de leur présence. Quand disparaît au loin la Simca 1000 de Clara, la Fiat 500 de Yolande ou la R16 de Jean, je me sens petit et dernier.

On part sur la Lune mais l'invention du Tipp-Ex se fait attendre

En partant, mes sœurs ont laissé dans un cagibi un trésor, une machine à écrire pour dactylos en apprentissage, un modèle de base dont on peut tirer, pourvu qu'on soit patient, un courrier administratif. Elles y ont fait leurs gammes à tour de rôle, jouant la même *toccata* monocorde, l'œil sur la partition en cachant le clavier. Je prête à cet engin, entre autres pouvoirs magiques, celui de redresser mes lignes et de rendre enfin lisible mon écriture manuelle, qui a pour don d'agacer Mme Dourset quand elle se penche sur mes dictées – hier encore on sommait les gauchers d'écrire de leur « belle main » en leur attachant l'autre, la diabolique, dans le dos. Mais mon affection pour ce machin en bakélite est avant tout d'ordre sentimental : mes sœurs me manquent. Certes je passe la moitié du temps à désenchevêtrer les marteaux et l'autre moitié à effacer les fautes de frappe ; l'invention du correcteur style Tipp-Ex se faisant attendre, j'utilise un petit disque de gomme bleue qui troue inévitablement le papier, et me voilà bon pour recommencer la page. La hantise de la faute est telle que je vérifie l'orthographe des mots et y réfléchis à deux fois avant de poser une virgule. Chaque phrase « propre » est une petite victoire. Je prends soin de glisser dans le chariot un carbone et une feuille de papier dit « pelure », sans nécessité aucune sinon celle de voir un autre miracle s'accomplir : obtenir un double instantané.

L'idée n'est pas d'écrire une simple adresse sur une enveloppe mais rien de moins qu'un « roman », terme désignant, je crois, un de ces trucs compacts comme des petites briques qui prennent la poussière sur l'étagère d'Anna depuis son départ. J'ai peut-être trouvé là une manière de revanche à tant me laisser envahir par la culpabilité de ne pas dépasser le premier paragraphe d'un livre : en écrire un. Je n'ai pas encore atteint l'âge bête que déjà je m'enferre dans des projets saugrenus dont la démesure et la prétention se comptent en années-lumière, ce qui tombe bien car l'histoire que j'ai en tête a pour cadre la conquête spatiale. Neil Armstrong vient tout juste de rentrer au bercail à bord d'Apollo 11. La Lune, présente dans les conversations, les fantasmes, les utopies, n'a pas fini de nous faire rêver.

Comme si la science-fiction ne suffisait pas, j'ajoute à mon intrigue une touche de criminalité due à mon goût pour les films de gangsters. Me voilà donc embarqué dans les aventures intergalactiques d'un repris de justice à qui l'on donne le choix entre le peloton d'exécution et une mission spatiale à haut risque. Dès le premier paragraphe nous assistons à la rencontre d'un haut-gradé de la NASA venu visiter mon héros dans sa cellule. Pour lui comme pour moi, le voyage sera techniquement complexe et sans garantie de succès. Mais ensemble nous décrocherons la Lune.

Il va de soi que la machine sera de retour dans son cagibi bien plus tôt qu'une capsule Apollo à Cap Canaveral, mais qu'importe ? Entre-temps j'en ai appris plus sur la syntaxe que dans les dictées de Mme Dourset. Et dorénavant, afin de l'aider à déchiffrer mes pattes de mouche, j'écris en script pour reproduire le caractère « courrier » de la page dactylographiée. Un petit pas pour l'humanité mais un pas de géant pour le gosse.

J'ai dépoussiéré symboliquement cette machine trente ans plus tard, en créant un personnage de père de famille illettré découvrant dans une véranda une Brother 900 qui va changer sa vie. À l'écran, c'est Robert de Niro qui jouera la scène.

Le paradoxe de l'émigré

Le paradoxe de l'émigré veut qu'un homme ayant quitté sa terre natale n'y sera plus jamais chez lui, comme il ne le sera jamais vraiment sur sa terre d'accueil. Les Italiens disent : *né pesce né carne*, ni poisson ni viande. Mon père ne l'a pas inventé, il s'est contenté de l'incarner, comme un acteur son emploi. Pour s'en rendre compte, il lui suffit de retourner au pays durant les vacances d'été.

La veille il a pris soin de glisser dans nos bagages des plaquettes de chocolat et des paquets de café en vue de passer pour un parent prodigue aux yeux de la famille. Laquelle fait semblant de s'émerveiller au lieu de le rassurer : les Italiens ne souffrent d'aucune privation. Il ne réalise pas qu'il fait preuve de la même condescendance que son frère américain à son égard quand il lui envoie un billet de dix dollars dans un courrier.

Nous voilà en Gare de Lyon à vingt heures, à bord du Palatino, le train des ritals, qui passe par Turin, Gênes, Pise, pour une arrivée à Rome à dix heures le lendemain. Vingt ans plus tard, devenu accompagnateur couchette sur ce même train, ce sera à mon tour de veiller sur le sommeil de ces familles en partance pour la terre mère; j'en tirerai un roman noir, *La Maldonne des sleepings*. À Roma Termini, nous prenons un car qui nous dépose aux portes de la ville de Sora, dans le Latium, à équidistance de Rome et Naples. Nous sommes hébergés tantôt chez les Benacquista, dans une ferme entourée de champs de maïs, tantôt chez les Polsinelli, dans une maison à flanc de colline qui surplombe une oliveraie à perte de vue. Chez les uns on vit au rythme des bêtes et des heures de labour, chez les autres on cherche l'ombre tant la chaleur accable. Le soir, pendant qu'un poulet cuit dans l'âtre, les adultes mettent à jour leur actualité et celle du village; Untel s'est marié, Untel a quitté le coin, Untel est mort. Après le dîner viennent les souvenirs. Un jeu de cartes en main, j'aligne les patiences jusque tard dans la fraîcheur retrouvée. Au loin, les mots que j'entends le plus prononcer sont *casa* et *terreno*, la maison et le terrain, l'abscisse et l'ordonnée de la réussite. Où qu'il se rende, je sens mon père préoccupé par une seule question, celle du bilan : ai-je fait le bon choix? Si j'étais resté, combien d'hectares aurais-je acquis? Aurais-je pu m'offrir cet escalier en marbre, ce tracteur? Combien d'heures de labeur ici, comparé à l'usine? Serais-je devenu un patron? Aurais-je pu payer à mes filles un fastueux mariage? Ceux qui le croisent, cousins et voisins, s'interrogent eux aussi : Cesare a-t-il réussi? S'est-il fait un petit pécule ? A-t-il de quoi payer des études à ses enfants ? Aucun d'entre eux n'ose lui poser frontalement la question essentielle : « Alors, Cesare, ça valait le coup de foutre le camp ? » Quand il va au marché, on s'adresse à lui comme à un touriste, y compris ceux qui le reconnaissent ; on oublie le patois pour un italien plus affecté et un rien narquois, on lui donne du *signore* : il n'est plus d'ici. Une vexation qu'il ne peut même pas soigner à coups de verres de blanc. Il ne va guère au bistrot pour éviter que de vieilles connaissances ne voient en lui un renégat, pas plus qu'il ne peut se servir dans les caves de ses hôtes. Il lui faut se contenter du vin à table, un calvaire. Ma mère, elle, a retrouvé son jardin d'Éden. Sa joie la trahit. Comme si là était sa vraie place, auprès de ses sœurs.

Nul ne se doute à quel point je me morfonds : ni télé, ni jeux, ni gosses de mon âge, à part une ou deux cousines qui me criblent de questions sur *Parigi!* que je connais si peu – leur décrire ma banlieue ne les fait pas rêver. Après avoir ébarbé des épis de maïs et tenté de traire une vache, j'erre dans la maison en me maudissant de ne pas lire, car dès lors tout deviendrait plaisir ; les réveils paresseux à l'heure où la basse-cour s'agite, les après-midi à l'ombre d'un volet quand tous font la sieste, les veillées au coin du feu pendant que les aînés évoquent leurs riches heures. Avec quelle joie aurais-je déclaré à mes chers parents : « Vous aurez beau me traîner d'écuries en étables, vous aurez beau m'obliger à embrasser des vieux qui sentent la terre et la sueur, je ne suis plus des vôtres, j'ai pris mes quartiers d'été chez Dumas : *Les Trois Mousquetaires*, *Vingt ans après*, *Le Vicomte de Bragelonne*. Je suis seul décideur de mes exaltations, de mes découvertes, de mes paysages, de mes fréquentations. Et même s'il est vain de vous demander : "C'est où la Gascogne? C'était qui Mazarin?", je m'épargne vos inventaires nostalgiques dans un pays qui n'est pas le mien, car ma patrie c'est la langue française; je ne le sais pas encore mais Camus me l'apprendra un jour. »

De retour à Paris, pendant que nous traversons le hall de la Gare de Lyon avec nos bagages, un très parigot chauffeur de taxi propose à mon père, en italien, de nous déposer en banlieue. *Italiani? Dove andate?* Quelle meilleure façon de vérifier l'immédiate efficience du paradoxe de l'immigré.

*

Le paradoxe de l'immigré connaît cependant des variantes au sein d'une même fratrie selon le degré de réussite de chacun.

Luigi, l'aîné des fils Benacquista, est l'incarnation même du rêve américain. Près de cinquante ans après son départ, il fait un retour triomphal au pays. Mais, avant, il s'offre le détour par Paris pour voir ce qu'est devenu son frère Cesare. Il n'existe aucune image de son passage, qui a pourtant marqué les mémoires comme un véritable film, avec ses décors, ses acteurs, son scénario. Nous ne sommes pas dans un chapitre de notre roman familial. Nous ne sommes pas devant une toile de mon musée imaginaire. Nous sommes au cinéma.

Écran panoramique. Technicolor. Version originale sous-titrée.

Le film pourrait avoir pour titre, s'il n'était déjà pris, *Mon oncle d'Amérique*.

1. Couloir/Train de voyageurs. Ext. Jour.

Dans un couloir de train, au milieu du va-et-vient des voyageurs, deux hommes, **Giovanni** (20 ans), et **Cesare** (45 ans), regardent défiler le paysage par une fenêtre.
Giovanni sort de sa poche une vieille photo en noir et blanc, celle d'un jeune homme, qu'il observe un moment.

GIOVANNI

T'avais quel âge la dernière fois que tu l'as vu ?

Cesare, songeur, laisse s'écouler un temps avant de répondre.

CESARE

4 ans...

Le train amorce son arrivée en gare. INSERT sur un panneau : **LE HAVRE**

Dans un coin d'écran on lit : **Été 1963**

2. Port du Havre. Ext. Jour.

Un gigantesque transatlantique est en train d'accoster.
L'équipage est à la manœuvre. Sur le quai, une foule attend qu'on descende les passerelles.
Brouhaha, liesse.
Cesare scrute au loin les passagers regroupés sur les ponts dans l'espoir d'identifier une silhouette. Giovanni, lui, a en main sa vieille photo.

Les premiers passagers, manifestement des touristes américains, en tenue estivale, descendent. Les familles se retrouvent, s'embrassent. Giovanni avise un couple, dont l'homme, même vieilli, pourrait correspondre à la photo.

GIOVANNI

C'est lui... ?

Cesare fait non de la tête. Mais soudain son regard s'illumine en reconnaissant un visage.

Les deux frères maintenant se font face. Ils ne se sont pas vus depuis 40 ans mais « ils savent ».
Étreinte fraternelle.

Le frère américain, **Luigi** (60 ans), présente sa femme, **Fena** (60 ans).
Cesare présente son fils Giovanni.
Embrassades.

GIOVANNI

Vous avez beaucoup de bagages ? La gare n'est pas loin.

LUIGI

... Quelle gare ?

Luigi et Fena échangent un regard amusé. Manifestement il y a malentendu.

LUIGI

Les bagages sont déjà dans la voiture.

À peine a-t-il prononcé ces mots qu'une longue Cadillac blanche, rutilante, arrive à leur hauteur, conduite par un membre du personnel de bord.

3. Route de campagne. Ext. Jour.

La Cadillac file sur une route de campagne, direction Paris.
À l'arrière, Cesare et Giovanni sont presque mal à l'aise dans une voiture si luxueuse.

4. Rue de la Gaîté. Ext. Jour.

Tous les habitants de la rue se pressent pour voir un pareil engin, comme celui que conduit Robert Dhéry dans *La Belle Américaine*, pur anachronisme dans un quartier si populaire.
Giovanni se comporte comme s'il en était le propriétaire. Il se laisse prendre en photo au volant. C'est son jour de gloire.

5. Appartement Rue de la Gaîté. Int. Jour.

La table de la cuisine est recouverte de cadeaux, sur lesquels s'est ruée toute la famille : des vêtements, des chaussures, des accessoires, sacs à main, ceintures. Pour **Clara** (16 ans), **Anna** (15 ans) et **Yolande** (12 ans), c'est Noël. Giovanni entre dans la pièce.

GIOVANNI (AUX AMÉRICAINS)

Vous voulez vous reposer un peu, prendre une douche ?

CESARE

On aurait préféré vous garder ici mais vous avez vu l'espace... Giovanni a trouvé un petit hôtel près de la gare.

GIOVANNI (TOUT FIER)

Vous allez voir ! C'est propre, c'est tout confort, c'est un deux-étoiles, à trois pas d'ici.

À nouveau, Luigi et Fena échangent un regard amusé.

LUIGI

C'est gentil mais on a déjà réservé, à Paris, ça s'appelle le... (il a oublié et se tourne vers sa femme)... Le George... ?

FENA

Le George V. (à Giovanni) On a même prévu une chambre pour toi si tu veux bien nous servir d'interprète.

Circonspection de Cesare et de Giovanni.

6. Salle de bains George V. Int. Jour.

Giovanni prend un bain dans une immense baignoire en marbre. Très curieux des nombreuses fioles qui contiennent des sels de bain de diverses couleurs, il les teste toutes.

7. Perron du George V. Ext. Jour.

Sur les marches de l'hôtel, Luigi, Fena et Giovanni attendent leur Cadillac, que le voiturier arrête à leur hauteur. Le portier les installe.

8. Champs-Élysées. Ext. Jour.

La Cadillac remonte les Champs-Élysées, conduite par Luigi. Fena pointe du doigt l'Arc de Triomphe. Giovanni, à l'arrière, joue au guide. Les badauds les saluent sur leur passage.

Le reste du film appartient à mon frère. Un mois durant, à bord de la Cadillac, de palaces en restaurants étoilés, il va accompagner son oncle jusqu'au village natal, où nul n'osera contester sa réussite. La dernière image du film sera, pour Giovanni, le retour à la vie réelle. Un épilogue de comédie comme on n'en voit qu'au cinéma.

9. Entreprise de ramonage. Int. Jour.

Un petit bureau, dans une officine de ramonage, à Paris. Les employés, dont Giovanni, écoutent les directives du patron. Un planning est punaisé au mur.

LE PATRON

Vous savez quoi ? J'ai décroché un contrat d'exclusivité avec trois palaces parisiens. Ramonage des cheminées et entretien des chaudières. Deux semaines de boulot, vous commencez ce matin. (Il s'adresse à Giovanni avec un léger sourire ironique)... Jean, je t'en ai réservé un, tout pour toi !

10. Perron George V. Ext. Jour.

Giovanni, sa corde à nœuds à l'épaule, est dans sa tenue de travail, déjà maculée de suie. Tout sourire, il s'approche du portier, vu précédemment.

GIOVANNI

Vous me reconnaissez ?! J'ai dormi ici il y a un mois... Mais si, la Cadillac blanche ! J'ai même pris un bain dans une baignoire en marbre !

LE PORTIER

...? Tu prends l'escalier de service ou j'appelle la sécurité !

11. Cave George V. Int. Jour.

Dans la cave, près de la chaudière, Giovanni mange dans sa gamelle, assis sur un tas de charbon.

Les sans-parole

Ce qui se conçoit bien s'énonce clairement et les mots pour le dire arrivent aisément.

À peine a-t-elle reposé sa craie que Mme Dourset lance le débat. Nous ne saurons pas que ce vers s'adresse à de jeunes auteurs qui s'essaient à l'art poétique ; pour nous, comme pour la sagesse populaire, il n'est question ici que d'expression orale. Des doigts se dressent déjà : *Moi, m'dame !* Certains semblent y prendre plaisir, autant le leur laisser. M'exprimer en public me terrifie. Qu'est-ce qu'un raisonnement clair, et a fortiori son énoncé, pour un gosse de dix ans ? Sa pensée est un écheveau où se mêlent, outre une part d'intuition, la peur de dire une bêtise et le souci de se conformer à ce que les adultes veulent entendre. Du reste, je n'ai pas attendu Boileau pour comprendre, à l'école de la rue, que celui qui s'impose dans une discussion n'est pas l'homme de bonne foi mais celui qui a le verbe haut et jamais n'hésite dans son argumentaire. Un commerçant pas commode, un voisin roublard, un bureaucrate borné, il suffit d'un seul fâcheux, sûr de son bon droit, qu'il conçoit fort bien et énonce clairement, pour clouer le bec à tout un peuple, d'ici ou d'ailleurs, dont on pourrait dire : « Il ne lui manque que la parole. » Ma famille et moi sommes de ce peuple qui prend le baratin pour de la faconde, les phrases toutes faites pour de la repartie, les poncifs pour du bon sens, les jeux de mots faciles pour des traits d'esprit et le café du commerce pour du débat public. Au contradicteur agile, je suis incapable de répondre sans un temps de retard, celui de la confusion ou de la gêne. Quiconque dans son tort m'affirme le contraire saura me convaincre. Je suis de ces idiots qui se rendent à l'avis du dernier qui a parlé pourvu qu'il l'ait fait avec aplomb. J'ai l'esprit d'escalier, aucun sens de l'à-propos, et les mots se bousculent et trébuchent au bout de ma langue. *Ô Boileau, mon salaud, tu donnes ton blanc-seing à tous les enfumeurs, et tu as mis la honte à tous les bafouilleurs.*

Mais sans doute y a-t-il un autre moyen de finir ses phrases.

Le grand brûlé de l'intérieur

Sous notre toit, il y a deux réponses possibles à la question : *Qu'est-ce qui a besoin d'un carburant rouge pour entretenir une combustion constante ?* À une nuance près : au printemps, le poêle est à l'arrêt.

Aucune des évolutions marketing du vin dit « de table » ne m'échappe, et pour cause : j'en assure l'acheminement. Je connais la bouteille en verre, étoilée, consignée, puis la bouteille plastique, dont on pourrait croire qu'elle est moins lourde dans le cabas, ce qui est faux puisqu'elle contient désormais 1,5 litre. Je les prends par deux, qui se font oublier entre un paquet de farine et un kilo de pommes, car trois attireraient l'œil en coin de la caissière-taulière-commère. Elles ont pour moi l'aspect du mazout, sa couleur, peut-être son goût, à coup sûr sa toxicité si j'en juge par l'état de corrosion de la peau de Cesare, sa carnation écarlate, l'odeur acide de ses tissus en décomposition. Rien d'étonnant à ce que tant d'aigreur absorbée soit immédiatement vomie sous forme de logorrhée bilieuse. Le plus pénible est de l'entendre dire « J'ai soif » comme un homme de peine réclame de l'eau, au lieu de : « Laissez-moi vider cette putain de bouteille, *porca miseria* ! » La question n'étant pas de savoir s'il est soûl mais à quel point il l'est, je sais à sa démarche estimer le temps qui nous reste avant qu'il ne perde connaissance. Au stade 1, à son retour d'usine, aussi vite qu'il quitte son bleu de travail il cherche à se défaire d'une fébrilité due au manque. Bientôt, nous ne sommes plus que des silhouettes floues sur son passage ; le voilà condamné à lui-même, mais après tout connaît-il de meilleure compagnie ? Au stade 2, Elena est devenue l'unique objet de son ressentiment. Pourquoi, *porca miseria*, n'a-t-elle pas anticipé à temps son besoin de sel ? Au stade 3, pendant qu'il titube jusqu'à son lit, je me demande comment on peut avoir autant d'orgueil et si peu de dignité.

Du temps où elle vivait encore ici, ma plus jeune sœur, têtue jusqu'à l'effronterie, bravait le regard du vieux et brisait l'omerta, au grand dam d'Elena : pourquoi provoquer une tempête au lieu de laisser passer l'orage ? Comment ne pas voir dans la révolte de Yolande un reste d'attachement pour son père, dont jadis elle était la préférée ? Comment ne pas regretter ce lien-là ? Et tenter de le raviver en attisant sa colère faute de son affection ?

Anna non plus ne peut contenir sa honte lorsque nous sommes de passage chez elle, en été, où elle s'abstient de recevoir ses amis de peur d'un faux pas de son *ubriacone* de père. Parfois il déboule soûl dans sa boutique, devant des clients gênés. C'était bien la peine d'avoir mis mille cinq cents bornes entre eux et moi pour subir ça, se dit-elle.

L'enfant, qui refuse de voir en son père un être faible, repousse le désenchantement à plus tard. Aussi, par un tour de passe-passe inconscient, je lui réinvente un passé quasi romanesque, l'homme revenu de loin, grand brûlé de l'intérieur. Mais l'absolue constance de son addiction a raison de mon déni. Cet homme-là me devient indifférent, je ne l'estime ni ne le méprise et, tant que je vivrai sous son toit, je m'abriterai au mieux des intempéries. Il a beau avoir cinquante ans, demain il se réveillera comme s'il en avait vingt, prêt à partir à l'usine sans se plaindre de la gueule de bois, qu'il n'a peut-être jamais connue. Pas de trouble sur la voie publique, pas de delirium tremens, pas de coma éthylique, pas de tremblements, pas de trous noirs. Aucun moyen pour l'extérieur de pointer une pathologie. Les médecins du travail le mettent en garde contre le tabac mais jamais ils ne l'interrogent sur sa consommation d'alcool. Il n'y a guère qu'à la télévision où, à l'occasion d'une campagne pour la sécurité routière, le message alcool = danger est établi. Mais Cesare ne se sent pas concerné, il n'a jamais passé le permis et, depuis qu'il vit aux portes de l'usine, il ne risque plus de mourir percuté sur sa Vespa un soir où il rentrerait ivre. À quoi bon réduire les doses ? Le suicide du buveur est lent pour qui ne se sait pas malade.

Un jour, lui vient une idée qui va faciliter mes allers et retours à l'épicerie. Ses deux figuiers donnent des cageots entiers de fruits qu'il vend aux ouvriers du coin. Avec la somme il achète, chez un grossiste, un raisin chasselas blanc et défraîchi. Après s'être fait fabriquer un pressoir de fortune à l'usine, il se lance dans sa première cuvée sans attendre la fermentation complète tant il a hâte de l'écluser. Il obtient une piquette blanche dont nul ne sait si elle passe ou non la barre des douze degrés habituels. Mes cabas ne pèsent plus rien. Le pichet a remplacé la bouteille. Lui vit une sorte de rêve doré, il se ressource à une manne divine, du producteur au consommateur. Il y a désormais deux cuves dans la cave, l'une pour le mazout, l'autre pour le vin. Ne pas confondre deux mots nouveaux : *fuel* et *fiel*.

À quoi bon les héros d'hier
quand tant d'autres restent à inventer ?

C'est un enfant de dix ans dont je me souviens ici, qui a sans doute existé mais que je ne peux décrire au *je* tant il me paraît impensable d'avoir été celui-là. Il faut le voir en cour de récréation s'octroyer le premier rôle – Robin des Bois, Zorro ou Thierry la Fronde, le héros du jour étant imposé par le programme télé de la veille. Il ne doute de rien, surtout pas de lui-même, il n'en a pas le temps, il n'est qu'énergie. Les autres, enfants, adultes, professeurs, famille, passants, commerçants, sont autant de figurants d'un film dont il est le seul acteur réel. En classe, s'il ne connaît pas la réponse, c'est que la question n'a pas d'intérêt. Il n'est pas le plus bagarreur du quartier mais il sait pactiser avec ceux qui auront le dessus et se charge de tenir les autres en respect. Les filles ? Elles aiment les intrépides, le plus gros du travail est fait. La vie n'a qu'à bien se tenir.

Il a suffi d'une minute ou d'un an, d'un nuage bas, d'un rien, d'une sourde menace inexpliquée, pour que cet enfant-là s'efface. Les décors sont les mêmes mais lui n'est plus l'acteur principal de son film, qui tourne au ralenti. À la récréation, son silence intérieur couvre les cris des écoliers qui jouent. Il n'est plus le héros du jour, ni même son fidèle second, il accepte le rôle du félon, qui meurt avant la sonnerie de reprise des cours. Plus question de lancer à sa bande : *Un pour tous, tous pour un!* Qu'on ne compte plus sur lui, il ne comptera plus sur les autres. À la constitution des équipes de balle au prisonnier, il est le choix par défaut et il s'en fiche. En classe, sa présence physique est comme floutée; quand l'institutrice passe dans les rangs, c'est sur le cahier du voisin qu'elle se penche. Si elle demande un volontaire pour effacer le tableau, inutile de lever la main. Lorsqu'il découvre une table au fond de la classe où sont entreposées les cartes roulées, la machine à polycopier, la mappemonde, il y pose son cartable. L'idée de faire partie de ce désordre, et surtout, de sortir du centre, le rassure. En ville, les adultes passent leur chemin; on aimait le chenapan mais, face à un gamin au regard morne, on se contente de dire : *c'est un timide*, et ça suffit bien.

Il ne sera plus jamais Zorro, ni Robin des Bois, ni d'Artagnan. À quoi bon incarner les héros d'hier quand tant d'autres restent à inventer?

La quatrième présence

J'entends dire que la télévision a pour vocation d'informer, d'instruire et de divertir. J'en vois une autre, bien plus précieuse : le soir elle crée un bruit de fond qui couvre les ressassements, comme elle offre un point de mire qui nous évite de croiser les regards à table. Elle vit, s'exprime, donne à voir. Elle est la quatrième présence.

Au Vingt heures, le présentateur annonce avec gravité des nouvelles auxquelles mon père ne comprend pas un traître mot, mais il respecte ce rendez-vous qui rassemble la France entière : c'est du sérieux, ce qui se dit là. Il pique du nez mais il exige le silence, que ma mère lui accorde volontiers en attendant de le voir disparaître. Malgré les années, je continue de les étudier. Je crois tout savoir d'Elena et de Cesare mais il me manque l'essentiel. Au tréfonds d'elle-même, après tant de résignation à un sort maudit, que ressent-elle pour cet être vacillant qui lui reproche tous ses malheurs, d'aujourd'hui et d'antan, y compris ceux d'avant leur rencontre ? Et lui, pense-t-il à elle comme à *sa femme*, ou bien la voit-il comme le dernier bouc émissaire de ses échecs, le seul sur lequel il ose encore élever la voix, les litres de tord-boyaux ne lui inspirant aucun courage au-dehors. De quand date leur dernier souvenir ou leur dernier rire communs ? Ont-ils abdiqué toute tendresse ? Leur arrive-t-il, dans ce qui leur reste d'intimité, d'échanger des paroles dépourvues d'acrimonie ? Je traque leurs moments de complicité, si rares et si précieux qu'ils peuvent en un seul geste réparer des mois d'amertume. Mais les signaux inverses l'emportent. Dans le tiroir d'une armoire, je trouve une vieille photo d'elle que ma mère n'a pas pris soin de glisser dans un album. Elle y prend la pose de la promise s'adressant à l'élu de son cœur, tenant entre ses mains une enveloppe, sans doute un accessoire du photographe, où l'on peut lire : *Tua per sempre*. À toi pour toujours. Depuis, la phrase a été rayée au stylo à bille.

La voix de l'information s'est tue. Mon père cuve. Ma mère termine la vaisselle avec une pointe d'impatience. Bientôt elle sera débarrassée de cette journée. Après avoir fait pivoter la télévision côté chambre, elle s'installe dans le convertible, redevenu simple canapé depuis le départ de mes sœurs, et moi dans mon lit. Malgré un programme unique, nous ne regardons pas la même chose. Parfois je ressens une gêne ; que peut-elle comprendre aux élucubrations de Salvador Dalí, aux Shadoks, à *Cléo de 5 à 7*, à *Lectures pour tous* ? Pour elle ce sont des fantômes dans la nuit. Les soirs où sont diffusés des films muets, je suis rassuré, elle n'est pas exclue. Passé vingt-deux heures, elle va se coucher en laissant l'écran allumé parce que je ne dors toujours pas, parce que la télé n'est pas encore considérée comme nocive, parce que la nuit est longue d'ici demain, parce que Elena n'a jamais vraiment su combien un enfant avait besoin de sommeil. En revanche elle sait à quel point j'ai hâte de me retrouver seul, seul, seul, devant la boîte magique. Elle contient toutes les histoires qu'on ne m'a pas racontées pour m'endormir.

Huit millions de spectateurs à travers le monde pour les jeux Olympiques de Mexico, et moi, et moi, et moi... Le général de Gaulle m'a regardé dans les yeux... Je lis plus vite que les sous-titres... J'ai vu les fesses de Brigitte Bardot... Chercher dans le dictionnaire le mot « surréaliste »... La Lune tient tout entière dans l'écran... Ses cratères, son silence gris... Quand je serai grand, je serai Dutronc... Dans *La Vie des animaux*, les guépards rattrapent les gazelles... À moi Cognacq-Jay !... Un cow-boy tombe à terre criblé de balles mais il fait semblant... Omo lave plus blanc que Skip qui lave plus blanc qu'Ariel... Buster Keaton tombe au pied de mon lit... Les enfants naissent entre les cuisses des femmes... Destination : danger !... *L'école est finie*... Avec Robert Stack dans le rôle d'Eliot Ness... Dans *La Vie des animaux*, les gazelles échappent aux guépards... C'est en fait Persil qui lave plus blanc... Les Shadoks pompent... Beau temps demain en région parisienne... Buuuuuut !!!! ... Brassens prononce plusieurs fois le mot « con » dans sa chanson... Un soldat tombe à terre criblé de balles mais il ne fait pas semblant.

Quand les émissions se terminent, une myriade de points blancs scintille dans l'obscurité de l'écran. C'est la représentation que je me fais du cosmos.

La mémoire est l'intelligence des sots

Avant d'écrire un livre va-t-il falloir en lire un ?

Je suis le dernier enfant à charge, je peux accéder à l'enseignement secondaire. Le jour de la rentrée, ne sachant pas où se trouve le collège Jules-Vallès, je me mêle à une procession de cartables et me laisse guider. Nous longeons les barres HLM de la Cité Balzac, puis le cimetière dit « du Progrès », avant d'aboutir à un bâtiment en préfabriqué surnommé « la Marguerite » du fait de sa forme circulaire. Une ribambelle de professeurs nous y accueillent, dont un de français, qui le prouve dès le premier cours : *La Maison du Chat-qui-pelote*, un recueil de nouvelles de Balzac à lire pour vendredi en quinze.

Ainsi, Balzac n'est pas uniquement le nom d'une cité dortoir. À J – 10, aucun de mes camarades n'a encore ouvert le bouquin mais la plupart l'ont acheté. À J – 7, certains ont lu une ou deux nouvelles, voire le recueil entier pour les bons éléments. À J – 3, tous l'ont lu, même les tire-au-flanc, les rebelles, les bons à rien, les simulateurs, les cas sociaux. Tous sauf moi, qui suis un peu tout cela à la fois. Il est là, posé sur un tabouret. Comme *La Guerre du feu*, il me nargue, tout empli de lui-même, de son excellence, à laquelle je mesure mon incurie. Il contient plus d'observations, de réflexions, d'invectives, de vérités que je n'en produirai dans toute une vie. Il est une entité pensante, il observe, juge, et nul ne saurait contester sa légitimité, sa suprématie. À mesure que l'échéance se rapproche, il me dit : *Tu as beau m'ignorer, j'aurai le dernier mot.* La procrastination de l'enfant borné est une torture dont il ferait tout pour se délivrer, hormis de la façon la plus légitime, la plus naturelle qui soit, pour lui insurmontable. Incapable de profiter de tout ce temps gâché, il ravale sa mauvaise conscience, un poison de plus en plus amer à mesure que le compte à rebours se resserre. La veille du vendredi noir, il n'est plus question de le lire in extenso, il s'agirait plutôt d'ouvrir le ventre de ce chat pour le vider de ses viscères. Stupeur dès les premières lignes : on a dû me refiler une édition étrangère. Qui parle couramment cette langue-là ? Les autres me mentent en prétendant l'avoir lu, ou bien ils se le sont fait traduire par un parent. J'ai beau toquer à la porte de cette maison jusque tard, elle restera fermée, idem pour *Le Bal de Sceaux*, *La Vendetta*, *La Bourse*.

Sur le chemin de l'école, la providentielle Valérie, si indulgente avec les cancres, prend la peine de me résumer, avec ses mots à elle, le contenu des nouvelles. Ramené aux évènements qui le composent, chaque récit perd de sa superbe, il en devient clair et aimable : ce sont de simples contes pour adultes. En classe, quand d'autres prient pour être désignés, j'essaie en vain de me rendre invisible. M. Traube m'interroge sur la nouvelle éponyme du recueil. La mémoire seraitelle, comme on le dit, l'intelligence des sots ?

Un artiste peintre, subjugué par son modèle, la prend pour femme. Les parents de celle-ci auraient préféré un mariage de raison. Déjà lassé, il la trompe. La malheureuse confie son malheur, ô ironie, à la maîtresse même de son mari. Quand il l'apprend, il n'a que mépris pour sa femme, qui se laisse mourir de chagrin. La morale de l'histoire, du moins la seule qui s'impose : on ne se marie hors de sa caste qu'à ses risques et périls. Me voilà tiré d'affaire pour un bon moment.

De la même manière, je parviens à ne pas lire *Le Père Goriot*, *L'Avare*, *Germinal*, *L'Arrache-cœur, Pêcheurs d'Islande*, et tant d'autres, qui rejoignent, intacts, inexplorés, ignorés, Pearl Buck et Han Suyin sur l'étagère. J'en arrive à me demander si je ne suis pas plus fort que les livres.

Quarante hommes en armes

M. Traube, au nez violacé, somnole durant le cours de ce début d'après-midi. Je ne suis pas le seul à savoir de quel mal il est atteint. *Poivrot! Pochetron!* Les ricanements de mes camarades le réveillent à peine. Celui dont le phrasé est censé exprimer l'excellence de la langue a une voix qui gondole, trébuche, tente de se rétablir, mais rien n'y fait : *Paroles* de Prévert vire au carnage. Dans la classe voisine se trouve la fille de M. Traube. Elle sait que toute l'école sait. Elle purge une double peine.

Est-ce ainsi que l'on regarde mon père dans la rue? C'est donc ça que l'on dit de lui? Non, mon père n'a pas le nez violacé, il n'a pas à s'exprimer en public, il n'est pas entouré d'enfants cruels. Cesare s'enivre intra-muros, son seul auditoire est réuni sous son toit. Elena y voit un moindre mal : il ne va pas *au bar*, Dieu soit loué. Il arrive que des copains d'usine, des *compari*, le raccompagnent après avoir arrosé une naissance au pastis. En plus des doses habituelles, celle-là lui est fatale. « On a pris un verre avec Cesare, il est un peu fatigué. » Je redoute les commentaires des voisins derrière leurs rideaux. Son ivrognerie est de notoriété publique. Tout comme la fille de M. Traube, c'est cela que je lis dans les regards.

Lui nous fait étudier un texte où il est question d'un légendaire combattant de la guerre de Cent Ans, le Grand Ferré, qui massacre une quarantaine d'Anglais à la hache et meurt tout ruisselant de sueur en buvant un verre d'eau trop fraîche. Les élèves, exaltés, y voient une leçon de résistance à l'ennemi. Je pense pour ma part que le prof a tenu à nous mettre en garde contre les dangers de l'eau, bien plus redoutable que quarante hommes en armes. Mon père et M. Traube finiront centenaires.

L'opium du peuple

Les arts martiaux donnent un semblant de spiritualité aux échauffourées de quartier. Je m'inscris au cours de judo donné dans le gymnase de l'école Makarenko, transformé en dojo une fois disposés au sol une dizaine de tatamis. J'y découvre une philosophie et des gestes ancestraux qui nous inspirent, jeunes disciples, un sens du religieux bien plus fervent que le catéchisme du jeudi matin à la paroisse Saint-Paul, a fortiori depuis que des prêtres ouvriers s'en chargent. Le nôtre a débarrassé son sacerdoce de toute bondieuserie. Plutôt que de nous entretenir du Très-Haut, il nous prépare aux dures réalités d'ici-bas. Dans sa lecture quasi marxiste des Évangiles, le Christ est un leader charismatique et les marchands du Temple préfigurent la lutte des classes. L'Enfer et le Paradis sont de pures élucubrations : nous sommes tous des damnés de la Terre. Déception ! Son entreprise de démystification nous prive de merveilleux, de fantastique, soit tout le romanesque d'une religion. De surcroît, il déplore notre faible niveau en grammaire et passe plus de temps à nous décrire les délicats mystères de l'accord du participe passé que ceux du Saint-Esprit, ce qui fait qu'au jour de la première communion nul ne sait de quoi l'hostie est le symbole ni comment faire correctement un signe de croix. Et l'accord du participe passé n'en est pas plus clair pour autant.

Au lendemain des évènements de 68, dans un bastion communiste, tout contribue à nous forger, qu'on le veuille ou non, une conscience politique. Impossible d'allumer une télévision sans y voir un défilé de manifestants, sans qu'un débat idéologique ne dégénère en pugilat. Mon père se demande s'il doit se syndiquer comme lui enjoignent de le faire ses camarades d'usine. En ville, la Bible circule moins que le Petit Livre rouge, dont je tente de décrypter les premières pages sans oser demander à quiconque : « C'est quoi, un tigre de papier? » Dès le collège, des mouvements de grève sont lancés à l'annonce des réformes Fontanet ou Haby, dont peu connaissent le contenu. Les surveillants, gauchistes farouches, nous alertent, jeunes crétins que nous sommes, inconscients des injustices qui déchirent la planète, sur le renversement de Salvador Allende, président du Chili, par le dictateur Pinochet. Thierry, résidant Cité Robespierre, accompagne son père le dimanche matin pour vendre *L'Huma* et *Pif Gadget*, du même groupe de presse. À quatorze ans, Rémy a déjà sa carte aux Jeunesses Socialistes. Un graffiti sur un mur du réfectoire me rappelle chaque jour que si je ne m'occupe pas de politique, la politique s'occupe de moi. Autant d'injonctions produisent sur moi l'effet opposé : une méfiance à vie pour toute pensée dogmatique.

À choisir entre les assemblées générales dans la cour de récréation, la paroisse ou le dojo, ma religion est faite. D'autant que les arts martiaux ont aussi leur messie. Il accomplit des miracles et prêche la bonne parole. *Avec des objectifs élevés, l'échec peut être glorieux.* Bruce Lee est son nom. En tout et pour tout, il apparaît dans quatre films de kung-fu vénérés par ses fidèles comme les quatre Évangiles. Il meurt au même âge que le Christ, symboliquement crucifié par les soldats d'un empire qu'il voulait conquérir, l'Amérique. Dans ma chambre, j'ai affiché un poster du maître, une icône. Un soir où il est plus soûl qu'à l'habitude, mon père le met en pièces. Sans doute pour me montrer comment on se débarrasse des tigres de papier.

L'égalité des chances

— Il y a du courrier pour toi.

Trois fois par an ma mère me tend une enveloppe, non décachetée, sans avoir la moindre idée de ce qu'elle contient. *Élève médiocre. Résultats décevants. Peut mieux faire. Aucun effort.* Comme tant d'autres, je n'éprouve aucune curiosité pour les matières dont je ne vois pas les applications immédiates dans la vie courante, à savoir presque toutes. Entre *médiocre* et *indécrottable*, comme l'était Yolande, lequel est le pire? Étant nul à l'oral, on retrouve fréquemment la mention : *Doit faire ses preuves à l'écrit.* De loin la plus alarmante est : *Redoublement demandé.* Non, mesdames et messieurs les enseignants, je ne redoublerai jamais, plutôt mourir que de rempiler une année supplémentaire chez mes parents. La menace produit l'effet escompté, je saisis la perche qui m'est tendue : *Doit se ressaisir au troisième trimestre.* Les seuls à ne pas en rajouter sur ma médiocrité sont les profs de français, la raison en est claire : je les prends au sérieux. Ils nous offrent un espace de libre expression. Nul besoin d'avoir appris par cœur, d'avoir révisé, d'avoir été attentif au cours précédent, de l'avoir même compris, ou d'avoir un parent qui vous l'a rendu accessible. Je ne redoute plus les mauvaises notes, les bulletins, les *peut mieux faire*, pas plus que je n'ai à craindre les forts en thème, les premiers de la classe, les chouchous, les fayots. On remet les compteurs à zéro. On vient avec ce qu'on a et ce qu'on est. Le texte libre, c'est la véritable égalité des chances.

Trouvez une autre fin au roman de Roger Vailland, 325 000 francs. Mme Foux et son goût pour le texte *engagé*. Elle nous affranchit de la lecture in extenso en nous soumettant quatre extraits qui résument tenants et aboutissants de l'intrigue. Un ouvrier en usine veut « se faire une place au soleil ». Son rêve est à portée de main ? Il finira manchot. L'épilogue semble nous dire qu'on n'échappe pas à la condition de sa naissance. Mme Foux nous somme de lui donner un autre destin. À la croisée de notre sens moral et de notre imagination. Le venger ? Le faire rentrer dans le rang ? L'affranchir ? Bizarre et délicieux sentiment de transgression que de se substituer à l'auteur. Dans la classe, les natures se révèlent : les conformistes, les fatalistes, les optimistes, les cyniques. Au fait, qu'enseigne-t-on dans les autres matières ?

Parfois elle nous lance sur un devoir du niveau du cours préparatoire, du moins en apparence.

Quelle est votre couleur préférée et pourquoi? Le plus inoffensif est en fait le plus redoutable. Ceux qui choisissent le bleu *parce que c'est la couleur de la mer et du ciel* ne sont pas au bout de leur peine. Elle veut qu'on s'approprie le bleu, qu'on pénètre dans le bleu, qu'on mette en mots les sentiments qu'il nous inspire. Mais face au grand bleu nous restons au bord du rivage au lieu de nous jeter à l'eau. Nous revoyons notre copie tant que Mme Foux n'est pas satisfaite. Nous nous mettons à détester le bleu, nous broyons du bleu, et nous voilà débarrassés des banalités bleues, des clichés bleus, des mièvreries bleues. Elle nous a poussés à l'introspection par un biais inédit et nous nous sommes laissé prendre.

Mais déjà on devine que notre avenir ne dépendra pas de ce savoir-là. S'interroger sur la métaphysique du bleu et sur les destins noirs est une activité à la limite du récréatif. Il faut inscrire nos jeunes esprits dans leur époque, sa technologie, son esprit d'entreprise, ses échanges internationaux. Tout le reste est littérature. Pour moi, il est déjà trop tard. Le texte libre le restera. L'exercice est si plaisant que je m'amuse à le décliner dans les autres matières.

À l'énoncé d'une interrogation écrite de mathématiques dans une classe de trente élèves, vingt-sept vont râler, s'interroger du regard, reluquer par-dessus l'épaule du voisin, bricoler des réponses présentables. Parmi les trois restants, il y a toujours un virtuose à qui il ne faut pas plus de dix minutes pour résoudre toutes les équations – le nôtre n'est rien de moins que le fils de Monsieur le Principal. On trouve aussi son symétrique parfait, le cancre assumé qui avec un certain panache rend d'ores et déjà copie blanche – à quoi bon faire semblant de répondre à des questions auxquelles on ne comprend rien, a fortiori des équations, capables de tout calculer hormis les fortes probabilités qu'on a de se retrouver bientôt au chômage. En faire autant m'obligerait à adopter une posture difficilement tenable : croiser les bras pendant une heure en défiant du regard le prof, je ne me connais ni cette patience ni cette effronterie. Aussi, quitte à récolter un fatidique zéro, vaut-il mieux employer ce temps à faire acte de résistance créative. Car que me demande-t-on dans chacune de ces équations à une inconnue sinon déterminer à quoi est égal X ? C'est qui ce X, omniprésent, qui prolifère au point d'en devenir le signe même de la multiplication ? Titre en haut de la copie : *X, cet inconnu.* Ou la triste histoire du plus célèbre anonyme de l'alphabet, si maltraité en français, si célébré dès qu'il passe à l'ennemi, la mathématique : elle l'a imposé dans ses théorèmes, ses axiomes, ses postulats. Elle en a fait une fonction, une variable, une abscisse, une clé universelle à tous les problèmes. Ne désigne-t-il pas en personne l'École polytechnique ? Me voilà lancé dans une complainte contre X. Et tel un analphabète, je signe mon devoir d'une croix.

Le zéro qui s'ensuit n'est pas une punition

mais un trophée. Pour les mathématiciens, il est le commencement de tout. Mais au fond qu'ai-je fait sinon obéir scrupuleusement à un ultimatum du corps enseignant? *Doit faire ses preuves à l'écrit.*

Les divorcés

Il suffit d'un coup de vent sur l'antenne pour faire disparaître la speakerine, que le réparateur est infichu de nous rendre. En outre, notre poste ne reçoit qu'une seule chaîne, et c'est une torture que d'endurer *La Piste aux étoiles* quand je sais que mon copain Jean-Louis, trois pavillons plus loin, s'émerveille des dernières aventures de *Rocambole*. Parfois il m'invite à venir voir un film sur son grand écran couleur. Enfant de divorcés, il passe ses après-midi seul en attendant le retour de sa mère, redevenue salariée depuis le départ du père, ce dont je ne m'étonne pas depuis que Michel Delpech dit dans sa chanson *Les Divorcés* : « Si tu manquais de quoi que ce soit, tu peux toujours compter sur moi, en attendant que tu travailles. » En ces années-là, on prononce le mot divorce de bout des lèvres, telle une maladie honteuse. On juge les parents, on plaint les enfants. À se demander si ce poste de télé ultramoderne n'est pas un lot de consolation offert par des parents coupables de laisser l'enfant livré à lui-même. Il y a même le téléphone, devenu indispensable à la fois pour qu'il ne soit pas coupé du monde jusqu'à dix-neuf heures, pour coordonner l'alternance de sa garde et, surtout, pour lui donner l'illusion que le grand absent n'est jamais très loin.

Jean-Louis n'imagine pas combien je l'envie d'habiter la, ou plutôt les maisons du bonheur. Deux chambres, deux frigos, deux télés, deux parents qui ne s'adresseront plus la parole, qui ne s'assiéront plus à la même table, qui ne s'affronteront plus. Quand l'un devient infréquentable, déprimé ou hargneux, on s'en retourne chez l'autre. Être gosse de divorcés, c'est comme avoir la deuxième chaîne.

À l'école, une Sabine nous avoue sa crainte absolue de voir un jour ses parents se séparer. Son unique cauchemar est mon seul rêve. Elena et Cesare libérés l'un de l'autre. Elle, affranchie de toutes servitudes, à l'abri des insultes. Lui buvant tout son soûl sans affronter de regard noir. Qui sait si je ne prendrais pas plaisir à leur compagnie, à leur conversation ? Des aveux, des constats, des espoirs, des paroles sincères, spontanées, non plus dictées par la colère ou l'inquiétude. Je pousserais ma mère à rentrer au pays et sans doute se laisserait-elle convaincre. Je découvrirais que mon père est capable de complicité. J'imagine aisément son appartement, des cendriers, des cageots de bouteilles, avec dans un tiroir un jeu de cartes italiennes pour jouer à la *scopa*. Celui de ma mère serait tout aussi vide, pas de tricot, pas de livres de cuisine, pas de bac de tulipes, pas de romans-photos, mais un bloc de papier à lettres pour écrire à ses sœurs. Je passerais de l'un à l'autre avec bonheur. Et peut-être que chacun d'eux me demanderait des nouvelles de l'autre avec une pointe de mélancolie.

Aussi, une fois revenu dans le réel, quelle n'est pas ma gêne chaque fois qu'est diffusé ce nouveau spot télé contre l'alcoolisme ; une voix demande à un homme penché sur son verre pourquoi il boit.

— Parce que ma femme est partie.

— Et pourquoi est-elle partie ?

— Parce que je bois.

Un ange passe alors à notre table. Un ange fin soûl dont la flèche atteint sa cible. Mais Elena ne partira pas. Pour les Italiens le divorce est pire qu'un crime de sang, comme le montre *Divorce à l'italienne* de Pietro Germi. Il ne sera autorisé là-bas qu'en 1970. Il l'est ici depuis la Révolution française. Ne rêvons plus, Cesare et Elena s'entretueront peut-être un jour, mais jamais ils ne me feront cadeau de leur rupture.

La main courante

Un voisin, militaire en retraite, d'origine italienne comme nous, s'amuse à me fouetter les jambes avec des orties, parce que ça forge le caractère, mais surtout parce qu'il m'en veut de lui rappeler qu'il n'a pas eu de fils. Quand ma mère me voit, les mollets en feu et la larme à l'œil, elle rit avec mon tourmenteur, un rire de soumission.

Mon père, lui, boit plus qu'à l'habitude quand il lui faut affronter une situation conflictuelle avec l'extérieur. Un matin, un berger allemand échappé d'un pavillon alentour me mord à pleines dents, mais je ne peux hélas pas dissimuler la plaie, qu'il va falloir faire examiner. La colère de Cesare éclate, non celle de l'indignation mais celle de devoir faire face. Je m'en veux de lui imposer cette épreuve qui semble insurmontable à entendre ses éructations plus haineuses qu'à l'habitude, *Porca miseria... Porco Dio... Mannaggia la madonna*. En ce dimanche, il nous faut aller dans une clinique sur les hauteurs de la ville, d'où je ressors avec un pansement que j'aurais pu faire moi-même. Le pire est à venir : demander des comptes au propriétaire du chien, lequel nous envoie au diable. Quand de simples excuses auraient suffi, voilà Cesare privé de son statut de victime. Le lendemain il n'a pas décoléré, *Porca miseria... Porco Dio... Mannaggia la madonna.* Il me traîne au commissariat pour s'enquérir de ce que dit la loi en pareil cas ; contre toute attente, le propriétaire du chien nous a devancés pour déposer une main courante qu'on nous lit : je passe pour un menteur, mon père pour un chicanier, et son chien pour une créature martyrisée. L'affaire en reste là, quelle suite lui donner ? Je retourne dans ma chambre et lui s'en va cuver le peu de dignité qui lui reste. *Porca miseria... Porco Dio... Mannaggia la madonna...*

Longtemps la vision du registre du commissariat me hante. J'imagine les petits drames ordinaires qui y sont décrits, parfois distordus et dénaturés, présentés comme l'inverse de ce qu'ils ont été, moi qui pensais que la chose écrite et consignée était juste et vraie. Si les écrits restent, comme dit le bon sens populaire, seules ces lignes pernicieuses témoigneront de ma funeste rencontre avec ce chien. Je ne sais pas quelle est la pire morsure. Moi seul aurais le droit d'écrire avec mes mots ce qui s'est exactement passé quand nous nous sommes retrouvés face à face, la bête et moi, durant cette fraction de seconde où tout s'est joué, quand il a stoppé net son élan et cessé son aboiement pour me dévisager, pour voir à qui il avait affaire, une proie ou un chasseur.

Il m'a même laissé le temps de m'inscrire dans un camp ou dans l'autre, habitué qu'il était à se soumettre à l'humain, mais je n'ai pas profité de cette lueur d'hésitation dans son regard pour à mon tour montrer mes crocs, pour lui flanquer des coups de pied dans le ventre, c'était le geste à faire, et qui sait si quelque chose d'irréversible ne s'est pas joué dans cet instant-là, désormais gravé au fond de mes tripes ? Au lieu de quoi j'ai laissé la sidération m'envahir, il a senti la peur monter en moi, comme son maître a senti d'instinct qu'il aurait le dessus sur mon père, il l'a lu dans ses yeux.

Faute de réparer, écrire c'est rétablir. C'est rendre dicible ce que l'on pense, ce que l'on ressent, ce que l'on est.

Le fond et la forme

Il a suffi de deux livres, non pour me donner le goût de la lecture, mais pour me révéler à quoi servait la littérature. En quatrième, Mme Bruisset nous propose *Chroniques martiennes*, un recueil de nouvelles de Ray Bradbury ; bien plus courtes que celles de Balzac, certaines tiennent en une page. Plus question de calèches, de noms à particules, de pourpoint ou de billets à ordre, nous partons sur la planète Mars. Dans les années 50, elle cristallisait l'angoisse de l'Américain d'être envahi par les extraterrestres et, plus symboliquement, par les communistes. Or Ray Bradbury prend le contrepied de cette paranoïa d'État en montrant l'espèce humaine comme celle qui envahit. Ayant tenté par le passé de m'embarquer pour la Lune à bord d'une Remington en bakélite, je suis curieux de ces nouvelles de science-fiction qui se répondent à la façon d'un roman découpé en épisodes. Fuyant un monde qu'ils ont eux-mêmes ravagé par les guerres nucléaires, les Terriens envahissent une planète dont le peuple vivait jusqu'alors en paix et en harmonie avec la nature. Il est question d'immigration, de colonisation, et même de l'extinction d'une civilisation. On y aborde les ravages de la société de consommation, on y décrit une pollution qui va jusqu'au pourrissement d'un écosystème. Déjà, on y pose le choix entre la vie réelle et une autre, virtuelle, que rendrait possible la technologie. On y croise des humains qui le sont si peu, et des Martiens qui le sont trop. Si toutes leurs histoires me parlent, je m'arrête sur celle d'une femme s'apprêtant à rejoindre son mari émigré sur Mars ; elle fait le deuil de tous ses petits bonheurs terrestres en se demandant si, comme celles du passé, les femmes de l'avenir continueront à suivre leur époux là où ils l'ont décidé. Je connais cette nostalgie-là. Dans une autre nouvelle, qui préfigure le fameux *Fahrenheit 451* que l'auteur écrira plus tard, il est question de l'éradication de la fiction romanesque, dernier espace de liberté morale, par un pouvoir totalitaire. Et c'est après avoir refermé le bouquin que le travail commence.

Pour la première fois je mets en perspective le bien-fondé de ma propre civilisation, je m'indigne : serais-je de l'espèce destructrice ? Comment rêver à l'avenir désormais ? Sans le savoir, je suis en train de me forger des convictions comme aucune sommation idéologique n'a su le faire dans la vie réelle. Aurais-je des valeurs, une conscience ? Je deviens citoyen.

En outre, ce recueil me permet de cerner plus précisément le principe de la nouvelle, impossible à réduire au seul critère de brièveté. On oublie d'emblée les expositions, les mises en place, les intrigues secondaires et leurs développements, les personnages annexes, les digressions, pour traiter une situation unique qui, à peine posée, appelle sa résolution, la plupart du temps sous forme d'une chute créant par sa fulgurance un surcroît de sens. Ainsi, chacune de ces *Chroniques* peut se résumer à une question et sa réponse. Comment appelle-t-on celui qui a raison contre tous ? Un fou. Qu'est-ce qu'une créature extraterrestre qui pourtant vous ressemble en tout point ? L'autre. Un essai de trois cents pages ne m'aurait pas autant apporté sur l'idée d'altérité. Peu après, en cours d'anglais, la prof nous demande de remplir une copie double sur l'éternel thème : *Quel métier voulez-vous exercer plus tard ?* Je réponds en toute modestie : *I will be the best short story writer of the world.*

La même année, Mme Bruisset nous impose *Andromaque* de Racine, dont elle est bien la seule à comprendre l'argument : Oreste aime Hermione, qui lui préfère Pyrrhus, lequel est dévoré d'amour pour Andromaque, inconsolable de feu son Hector. Un schéma amoureux extravagant, pour nous qui n'avons rien vécu, ni du désir, ni de la passion, ni de la frustration, ni de la fidélité, a fortiori jusque dans la mort. Ce ne sont pas les personnages qui s'expriment mais leur statue de marbre, aux mœurs torturées, aux vœux sibyllins. Nous avons le sentiment d'assister au 100e épisode d'un feuilleton dont nous aurions raté les 99 précédents, car il s'en est passé de belles, depuis cet imbroglio mythologique qu'est la Guerre de Troie, si l'on en juge par ce qu'elle a engendré de trahisons, d'abandons, de retrouvailles, d'amitiés bernées, d'amours meurtries, de royaumes ruinés, de luttes fratricides et de dieux courroucés. Il nous faut une bonne heure pour décrypter le sens de quatre vers, certes beaux comme l'Antique, mais confits dans leur olympienne gravité. Je quitte la salle avant la fin du premier acte.

Et je me réfugie dans le Centre de documentation et d'information, créé cette année-là, un lieu hybride encore mal défini, mi-bibliothèque mi-étude, où parfois passe un conseiller d'orientation venu renseigner un élève inquiet sur son avenir, et qui le sera plus encore après le rendez-vous. « L'économie ? C'est bouché ! Le journalisme ? Bouché ! La psycho ? Complètement bouché ! » Je n'ose lui demander comment l'on devient conseiller d'orientation au risque de m'entendre dire à quel point c'est bouché. La plupart du temps seul, je prends l'air occupé à on ne sait quel exposé, un ouvrage quelconque posé devant moi, puisé dans les deux ou trois rayonnages de livres qu'on peut emprunter. J'ouvre *Cyrano de Bergerac* sans trop savoir de quoi il y est question, sinon d'un bretteur affublé d'un nez. Une rencontre à laquelle je ne m'attendais pas va provoquer un choc irréversible : serait-ce la définition du coup de foudre ? Je comprends enfin l'idée de style, Cyrano en est l'incarnation métaphorique, il *est* le style. Son éloquence est un outil de séduction autant qu'une arme, et le respect qu'il pourrait obtenir par le fer, il l'obtient par le verbe ; à un nobliau voulant moquer son appendice nasal, il dit en substance : fous-toi de moi, mais avec brio. S'il existe un esprit français, je le tiens entre les mains, sa truculence, son érudition, son panache, son raffinement. Mes noces impromptues avec le langage sont célébrées ce jour-là, dans la salle du CDI déserte. Même les vers de Racine en deviennent accessibles. Du reste il est question ici aussi de transitivité amoureuse, dans un schéma insurpassable : Cyrano, doté du bel esprit mais se pensant trop laid, aide son ami Christian, bellâtre mais peu inspiré, à séduire Roxane, qui sans le savoir tombe amoureuse du volubile Cyrano. *Celui que j'aime est l'homme de vos lettres*. Ah si notre héros avait déboulé en personne dans *Andromaque*, il aurait ouvert les yeux d'Hermione sur les sentiments d'Oreste, il aurait rabattu le caquet de Pyrrhus en trois passes d'arme, il aurait délivré Andromaque de son deuil. Ce diable de personnage, inspiré d'un vrai sieur de Bergerac, se permet même de partir sur la Lune par la seule force de sa fantaisie, sans nul besoin des moyens de la NASA ni même d'une Remington en bakélite, et ce, trois cents ans avant la mission Apollo.

L'injonction contradictoire

Les années 70. Les couleurs criardes, les pantalons pattes d'éléphant, les jupes mini, et avant tout, les cheveux longs. Un crâne passé à la tondeuse est un signe de soumission, à l'autorité parentale, à l'impérialisme américain, à l'hygiène anti-poux, à tout. Or mon père, qui ne rate aucune occasion de donner à ses ressassements un accent de fermeté, me renvoie systématiquement chez le coiffeur dès que j'en reviens : *Pas assez court !* Il ne s'agit pas là d'une sommation militaire mais d'un cri d'indignation économique. La coupe coûte sept francs et ma tignasse repousse trop vite. Inutile de négocier. De quoi vais-je avoir l'air devant les filles, avec la boule à zéro...

Cependant, il y a une consolation à repasser sur le siège du bourreau. C'est même l'occasion pour moi de faire l'expérience de l'injonction contradictoire. Des revues sont posées sur un tabouret, *Paris Match*, *Jours de France*, dont tout le monde se fiche bien, parce que dans la pile, il y a, on le sait, on le veut, le magazine *Lui*. Certes, avec les copains du quartier, on a essayé de le feuilleter en douce dans la librairie-papeterie mais la caissière a rangé la presse dite de charme sur un rayon inaccessible. Le rouge aux joues, je le pose sur mes genoux, sous le regard amusé des garçons coiffeurs, car ici, dans cette zone *men only*, on est autorisé à se rincer l'œil. Quand, au détour d'une page, la playmate apparaît dans un décor de rêve, nue, hâlée, offerte, mutine, complice, je suis pris de combustion spontanée. Je ne vais pas jusqu'à déplier le cahier central qui la dévoile sur trois pages, car pour assumer ce geste-là en public il faut avoir quinze ans, et à cet âge-là j'enverrai tous les coiffeurs du monde se faire rafraîchir ailleurs. Ce qui me reste de cheveux disparaît sous un coup de balai, mais ça n'a plus guère d'importance. La question n'est plus de savoir de quoi j'ai l'air, la boule à zéro, devant les filles. Je n'ai plus le rouge aux joues. Elles si.

Tout Zola

Valérie est née de parents italiens, modestes et non instruits, comme les miens. En classe, elle est de loin la première dans toutes les matières, y compris en français. N'a-t-elle pas lu tout Zola à quatorze ans ?

Quand la prof lui demande « Tout Zola, vraiment ? », elle rectifie : « *Que* la série des Rougon-Macquart. » Mme Bruisset ne peut pas en dire autant. Quand j'apprends que la série en question recouvre une vingtaine de volumes, je suis abasourdi. *L'Assommoir* en poche fait à lui seul plus de cinq cents pages. Qu'est-ce que mon goût pour la fiction en comparaison de cette passion-là ? De quoi est faite cette fille ? Quels sont les jours et les nuits de Valérie ? Ses mercredis, ses dimanches, ses vacances ? À son âge elle sait ce que sont le prolétariat, la lutte des classes, l'idéal politique, le cynisme des puissants, les pièges de la société de consommation, la mort au travail. Pendant que je m'interroge sur le marivaudage devant les intrigues boulevardières d'*Au théâtre ce soir*, elle lit *Nana*. Pendant que je découvre la jubilatoire violence des westerns spaghettis, elle lit *La Bête humaine*. Vivant dans un fief communiste, je ne sais pas comment fonctionne un syndicat ouvrier, quand Valérie connaît son *Germinal* sur le bout des doigts. Mon père boit, et elle sait tout de la malédiction des Lantier.

Si elle savait comme je l'envie de porter en elle *tout Zola*. Et je pense très fort en la voyant dans la cour de récréation, avec sa longue natte et ses lunettes rondes : elle a travaillé dur, elle est riche, et toute sa vie elle le restera.

Alors pourquoi se laisse-t-elle déstabiliser par le sujet de rédaction : *Comme dans une nouvelle de Ray Bradbury, vous vous réveillez un matin et vous êtes seul au monde*? À croire que l'érudition et l'application deviennent des handicaps dès qu'il s'agit de laisser libre cours à son imagination. Valérie, qui du fait de ses lectures s'est déjà bâti une conscience, ne peut s'autoriser à jouer avec la vérité de la condition humaine, que son auteur tant aimé s'est attaché à décrire avec tant de réalisme et de gravité. Elle se refuse à réinterpréter le réel de peur de le transgresser. Là où cette rédaction lui commande de s'inscrire dans une réalité sociale, je vois, moi, une autorisation à passer de l'autre côté du miroir.

Valérie et moi tombons amoureux. Mais à tour de rôle. Durant nos deux premières années de collège, je tremble d'émoi quand nos coudes se frôlent en cours de latin. Elle ne voit en moi qu'un bon camarade et me laisse copier par-dessus son épaule. En quatrième, je n'ai d'yeux que pour la belle Clarisse. Valérie cherche mon regard et ne le trouve plus. Trente ans plus tard, au Salon du livre de Paris, elle vient me visiter sur un stand lors d'une séance de dédicaces. Elle me présente mari et enfants. Elle est souriante, épanouie. Elle me parle de son engagement dans la vie associative de la municipalité de banlieue ouest où elle vit désormais.

L'échiquier renversé

Écrire, c'est se venger.

C'est matérialiser une pensée magique qui parfois vire à la sorcellerie.

Mes résultats scolaires m'ont appris l'humilité et mes exploits sportifs m'ont guéri du souci de performance comme de l'esprit de compétition. Au judo, je peux perdre un combat et reconnaître à mon adversaire que son *mawashi geri* était imparable. À la pétanque, j'embrasse Fanny avec le sourire. Et finir ruiné au Monopoly est tout à fait réjouissant. Il y a cependant une limite à tant de fair-play. L'ami Nicolas m'apprend à jouer aux échecs, mais j'ai beau leur consacrer tout mon temps libre, consulter des méthodes et m'initier aux ouvertures, je perds systématiquement en moins de vingt coups. Arrive la partie de trop. Se trahissant d'un discret sourire, Nicolas joue un coup définitif quand mes troupes sont à peine déployées. Plutôt que de coucher mon roi, je renverse l'échiquier. La blessure narcissique est profonde. Une brûlure d'orgueil. Plus que la défaite, c'est sa joie à peine voilée de m'infliger cette humiliation qui provoque en moi cet état de rage, à tel point que je crains pour ma santé nerveuse et m'interdis de rejouer à ce jeu. Il va falloir me rendre à l'évidence : je ne prononcerai jamais les mots « échec et mat ».

Mais vais-je pour autant passer ma vie à renverser des échiquiers, même symboliques ? Et à retourner contre moi cette fureur, frustration ou vexation, qui parfois me gagne, d'une telle intensité qu'elle en devient comme une présence dont je peux presque discerner les contours. Pourquoi ne pas lui donner un nom, un visage ? Celui d'un hussard d'Empire dont la cruauté sans égale suscite l'admiration de ses pairs. Il embroche gaiement, éventre avec délicatesse, décapite comme on sabre un champagne. Il faut le voir après l'estocade, pied à terre et sabre au clair, débusquer les lâches qui gisent au sol en simulant la mort. Quand il sera général, ce qui ne va plus tarder au vu de ses états de service, il ordonnera à ses troupes de piller et massacrer sans pitié jusqu'à ce que l'ennemi soit éradiqué et sa place forte réduite en cendres. Nul ne connaît le noir secret de son pur sadisme : enfant il n'a jamais gagné une seule partie d'échecs. L'échiquier étant une allégorie du champ de bataille, c'est au feu, et sur le terrain, qu'il prendra sa revanche, pourfendant de vrais cavaliers, assiégeant de vraies tours, renversant de vrais rois.

Je n'ai ni talent, ni vocation, je n'ai nul souci de décrire le beau ou d'exalter le vrai. Je veux juste me purger de tant de rancœur. Mon Dragon a lavé mon honneur dans le sang. Dans mon tiroir à fictions, combien de scènes d'apparence tranquille, aux mœurs prétendument aimables, sont en fait des échiquiers renversés.

Benacquista versus Polsinelli

Les Benacquista sont des *cafoni*, des paysans têtus et endurcis. Les Polsinelli, issus de la petite bourgeoisie, ont des manières et de l'éducation. Les Benacquista labourent et récoltent leur terre. Les Polsinelli piquent et brodent dans leur atelier de couture. Les Benacquista tordent le cou des lapins et retournent leur peau comme un gant. Les Polsinelli taillent des costumes sur mesure. Les enfants Benacquista se réveillent à l'aurore pour aller aux champs. Les enfants Polsinelli ont des cols repassés pour aller en classe. Les Benacquista sont braillards. Les Polsinelli sont sidérés au moindre éclat de voix. Les Benacquista sont orgueilleux et déterminés. Les Polsinelli sont dépressifs. Les Benacquista envoient leurs fils chercher fortune ailleurs. Les Polsinelli craignent de faire un pas hors de leur bonbonnière.

Il est frappant d'observer à quel point les membres de chacune de ces deux familles se ressemblent ; tous les Benacquista sont faits du même bois, les Polsinelli de la même étoffe. Il m'est difficile d'imaginer la fusion des deux et pourtant mes sœurs et moi en sommes les fruits. Il y a de quoi s'interroger sur l'idée de gènes. En mêlant caractéristiques physiques et morales, j'essaie de savoir si je suis un Benacquista ou un Polsinelli – petite nature ou hargneux avéré, j'appréhende le résultat. Ma mère n'a aucun doute sur la question, je suis des siens, il n'y a qu'à voir mon nez, fin et droit, la marque de fabrique des Polsinelli, celui des Benacquista se pose là. Je crains qu'elle n'ait raison ; la morosité et l'inquiétude me gagnent trop souvent pour un enfant, je suis incapable de m'affirmer au sein d'un groupe, les forts en gueule me hérissent, je me réfugie dans mes rêveries, et aujourd'hui encore ne dis-je pas, pour parler de mes textes en cours, « mes travaux d'aiguille » ?

Or, l'âge aidant, en croisant mon reflet dans un miroir je reconnais instantanément mon grand-père Orazio, jadis redouté dans toute la région pour ses colères – on raconte que d'un coup de pied il a renversé le berceau où pleurait sa première-née. Je reconnais mon frère Jean, qui n'a pas une goutte de sang des Polsinelli. Et surtout, je reconnais Cesare. Par-delà la ressemblance physique, j'entends sa voix s'exprimer par la mienne, ses intonations, ses durcissements de ton, qui autrefois me paralysaient. Il me suffit d'en prendre conscience pour cesser dans l'instant, mais le mal est fait. En vieillissant, on me dit irascible et rancunier. Je me surprends à imposer mes humeurs à des innocents. Quand une situation devient insoluble, je cherche d'illusoires boucs émissaires. Je me pensais Jekyll, j'ai tout d'un Hyde. Un constat dérangeant et intrigant à la fois ; dois-je relire tous les enchaînements de ma vie à travers ce nouveau prisme ? Malgré mes mécanismes de défense, me suis-je laissé envahir par la nature profonde de mon père et de façon irréversible ? Passons-nous, comme l'affirment les techniciens de la psyché, notre vie à *reproduire* ? Faut-il attendre l'âge mûr pour connaître, et accepter, notre vrai visage ?

Par chance, je n'ai pas lu Michel Strogoff

Dans mon crâne, c'est l'URSS.

Pourquoi cette carte-là, et non celle de l'Europe ou des États-Unis ? Parce que je l'ai eue sous les yeux durant mes années de primaire à l'école Makarenko ? Parce que la Guerre froide connaît encore de beaux épisodes ? Parce que chaque fois que je me rends à la mairie, avenue Gagarine, j'emprunte le boulevard de Stalingrad ? Le plan de coupe d'un cerveau humain dans mon manuel de sciences naturelles ne me renseigne en rien sur le fonctionnement du mien. En revanche, quand j'ai sous les yeux cette mosaïque pastel des quinze républiques soviétiques et leur inextricable réseau de communications, j'y vois une probable répartition de mes activités cérébrales. La Moldavie, pas plus grosse qu'un ongle, serait le siège de ma raison. À peine plus grande, la Géorgie pourrait contenir tout mon savoir. Le Kazakhstan, large comme une main, serait le territoire de la mémoire. Mais celui dévolu à l'imagination, c'est bel et bien la Grande Russie. À la fois celle des soviets, qui impose son autorité à une moitié du monde tout en menaçant l'autre, et celle des Romanov, qui garde son lustre et son romanesque d'antan. Pendant que M. Hamelin nous entretient de la création du Mur de Berlin, je chevauche la steppe, porteur d'une missive secrète, en espérant gagner Leningrad avant la nuit. Et si l'aventure en vaut le détour, pourquoi, sur le papier, ne pas lui trouver un début, et surtout, une fin ?

La fiction, c'est du rêve fait main. C'est jouer à *On dirait qu'on est des pirates* même quand on est tout seul. C'est aussi donner du sens aux évènements de la vie quand ils semblent n'en avoir aucun. C'est raconter faute de comprendre. C'est prendre ses réalités pour des désirs. C'est un stylo et un bloc-notes, une phrase qui en appelle une autre, à condition de tenir en place et de n'avoir rien de mieux à faire. Écrire n'autorise aucune exhibition de l'ego ni ne procure de satisfaction immédiate ; on ne s'asperge pas de peinture, on ne casse les oreilles de personne avec des fausses notes, on ne franchit pas de ligne d'arrivée sous les bravos.

Me lancer sur une longue distance serait comme chasser une baleine blanche à bord d'un bateau planté dans un terrain vague. L'heure est venue de me fixer des objectifs atteignables, le plus souvent des nouvelles de quelques pages dont il me faut impérativement trouver la chute avant de me lancer. Dans un premier temps se préoccuper de style serait illusoire et présomptueux – soigner l'incipit à ce stade, c'est déjà regarder du côté de chez Proust. La priorité étant de saisir le récit dans son entier, sur le métier je remettrai plus tard. Quand inévitablement survient le doute, je jette un œil au chemin parcouru et, si au détour d'un paragraphe je tombe sur une phrase qui se laisse relire, celle-là suffit pour calmer la tentation du renoncement.

N'ayant pas lu *Michel Strogoff*, je me sens libre d'arpenter la Grande Russie comme bon me semble, délesté de tout bagage, de ces valises littéraires qu'on porte parfois toute une vie sans jamais les poser, lourdes de références et de déférences, de souvenirs de lectures exaltées, de bustes d'auteurs. Je suis bien le seul à ne pas savoir que telle péripétie a été rebattue cent fois, tel paysage cent fois décrit, et qu'en haut de cette colline un écrivain génial a définitivement planté son drapeau. Innocent, ignorant, je me risque aux escapades que je ne ferai pas, aux péripéties que je ne vivrai jamais. Et je viens de me trouver à bon compte une nouvelle raison de ne pas lire.

J'affectionne les contes cruels, teintés d'ironie, de fantaisie, et non les petits drames réalistes empreints de gravité, au lyrisme factice, car dès lors je me regarderais faire et l'exercice perdrait son aspect ludique, et donc toute chance d'aboutir. En jetant un œil dans mon tiroir à ébauches, je peux me lancer dans les mésaventures d'une sorte de Batman en proie à des affres dépourvues de tout héroïsme ; si, comme on le sait, les héros sont fatigués, les superhéros, en toute logique, le sont bien plus encore. Un autre personnage tordu me tente ; atteint d'une maladie exotique rarissime ayant dépigmenté son iris et mordoré le blanc de ses yeux, il se fait passer pour un extralucide afin d'exploiter la crédulité de ses contemporains. Je pourrais aussi créer un épisode manquant du roman familial. On dit qu'à l'époque de la rue de la Gaîté, dont je n'ai aucun souvenir, Cesare disparaissait en forêt les dimanches d'automne pour y cueillir des champignons. Il connaît, paraît-il, toutes les variétés mieux que le pharmacien, et les gens du quartier le consultent en cas de doute – j'aime l'imaginer doté d'un savoir propre à sauver des vies. Dès lors la fiction prend le relais : un voisin vient lui soumettre sa cueillette miraculeuse, il y en a de toutes les formes, de toutes les couleurs, et des plus inquiétantes. Pour le remercier d'avoir fait le tri, l'homme lui en offre de quoi faire une bonne poêlée, et, comble de la sollicitude, repasse le lendemain pour s'assurer que nous nous sommes régalés. De retour chez lui, il confirme à sa femme qu'il n'y a aucun mort chez nous. Ils vont pouvoir se goberger en toute tranquillité...

Parfois je note un vrai rêve, qui ne résiste pas à la relecture du lendemain car je n'y vois que des situations sans queue ni tête. Pas non plus de trace de poésie dans mon tiroir à ébauches. Remâcher mes états d'âme ne me tente pas plus que de tenir la chronique de mon quotidien. À quoi pourrait bien ressembler mon journal intime ?

Mon cher journal,

Ce dimanche les cousins de Casalvieri sont venus manger à la maison. Ma mère avait préparé des gnocchis, mais quelle n'a pas été notre surprise quand Maria, sortant deux biftecks de son sac, a demandé à ce qu'on les cuise pour elle et son mari. Le repas s'est déroulé dans une ambiance bizarre, eux à leur viande, nous à nos gnocchis, que pour ma part je n'aurais échangés pour rien au monde.

En revanche, un autre exercice me donne l'impression d'écrire « utile » et m'offre le regard d'un lecteur. J'engage une correspondance – qui restera à sens unique – avec ma lointaine sœur Anna, créant avec elle un lien inédit : je lui parle pour la toute première fois. Sous prétexte de donner de nos nouvelles, je bricole des anecdotes n'ayant jamais eu lieu, je force sur les détails burlesques pour lui arracher des sourires, je lui démontre à quel point une journée sous notre toit est gaie et passionnante.

La France, c'est la Foire du Trône

Le général de Gaulle s'adresse-t-il à moi quand il commence son discours par : *Françaises, Français*? Étrange souci que de chercher en soi le sentiment d'appartenance au pays où l'on est né. Parfois je tente de faire un tri, illusoire, entre italianité innée et francité acquise.

Nous sommes huit enfants d'émigrés à opter pour l'italien en seconde langue dans le but avoué de récolter des points faciles au baccalauréat. Parce que nous connaissons les bases de la langue, on nous attribue directement le manuel scolaire de deuxième année, qui donne à lire des extraits de romans contemporains, dont ceux de Pavese, Buzzati ou Calvino. La difficulté majeure consiste à nous affranchir des accents et dialectes de nos parents, qui écorchent les oreilles de M. Allogia. Fausto chuinte les *s*, Laura remplace tous les articles définis par des *lou*, et Valérie, frappée par la malédiction de la *erre moscia*, ne vibre pas le *r*. À notre façon, nous effaçons nos différences régionales pour contribuer à l'unification de la langue italienne comme nos aînés un siècle plus tôt. Bientôt, à notre grande fierté, nous pouvons lire d'une même voix l'incipit du *Désert des Tartares*.

> *Nominato ufficiale, Giovanni Drogo partì una mattina di settembre dalla città per raggiungere la Fortezza Bastiani, sua prima destinazione.*

À sa sortie en salle en 1974, je vais voir *Pain et Chocolat* de Franco Brusati, qui raconte les pérégrinations d'un travailleur italien en Suisse. Prêt à tous les efforts pour s'intégrer, il se teint en blond et prend l'accent allemand. Arrive la célèbre scène du match de football, magnifique métaphore de la cruelle dualité qu'il tente de contenir. Lors de la diffusion d'une finale Angleterre/Italie, il se mêle aux clients d'un bistrot, supporters pour l'occasion de l'équipe anglaise. Mais Nino, qui a beau siffler la *Squadra Azzurra* pour complaire aux autochtones, va finalement hurler sa joie quand un de ses compatriotes marque le but de la victoire. Il en ressort avec un coquard et une certitude : il est et restera un Italien.

Plus encore que le langage, l'art ou la gastronomie, le sport est sans doute le révélateur le plus intime de nos pulsions patriotiques. Cette vibration-là est bien plus fiable que celle d'un détecteur de mensonges. En 1998, le quotidien *Corriere della sera* me propose d'écrire le compte rendu d'une expérience similaire à l'occasion du quart de finale France/Italie de la coupe du monde. Pour quelle équipe mon cœur va-t-il battre? Qui sait si je ne vais pas en apprendre sur moi-même? N'ayant pas la télévision, j'accepte l'invitation de Jean-Luc, un ami d'enfance, *tifoso* dans l'âme, qui tient une maison de la presse rue de Varenne, dans le septième arrondissement de Paris. Devant un poste portatif posé sur un coin de la caisse, me voilà, bloc-notes en main, à l'affût de mes exaltations. Or, nous sommes vite repérés par les gendarmes en faction assurant la sécurité de l'hôtel Matignon et de ses annexes. N'y tenant plus, deux d'entre eux, en uniforme strict et en armes, osent l'impensable : abandonner leur poste pour se planter devant le nôtre. Dans nos murs, ils ont beau essayer de se faire discrets, chacun d'eux fournit un effort démesuré pour ne pas hurler à chaque action d'un Bleu. L'info a circulé dans leurs rangs, d'autres les suivent, ils organisent un roulement. Mais au fil d'un match de plus en plus tendu – toujours 0 à 0 à la 90e minute –, ils sont bientôt une dizaine, entassés, fébriles, le fusil-mitrailleur à l'épaule. Y a-t-il un spectacle plus déchirant qu'un supporter s'interdisant d'exulter, à la manière de Nino Manfredi dans son café helvète? Dès lors, comment rester à l'écoute de mes propres émois? Quand arrivent les tirs au but, nos gardes républicains sont pris de folie. Entouré de présentoirs de quotidiens et de magazines, j'imagine les gros titres de demain : *Pour avoir assisté au mauvais match au mauvais endroit, deux ritals sont exécutés par l'armée française*. Et, pendant ce temps, nul ne se soucie de la sécurité du Premier ministre ! Les futurs champions du monde se qualifient pour la demi-finale. L'échoppe se vide. Pour moi, il s'agit d'un match nul. Ce jour-là, la ferveur était ailleurs.

L'Italie, c'est celle des autres. Celle de mes parents qui la portent en eux comme un regret ou un remords. Celle de Jean, de Clara, de Yolande, qui la laissent au fil du temps quitter leur mémoire. Celle où Anna a retrouvé ses racines. L'Italie appartient à ceux qui la vivent, la rêvent ou l'oublient, et je ne suis pas de ceux-là.

La France, c'est Vitry, la Seine, la Foire du Trône. C'est le bar-tabac Le Balto, son express au comptoir que je demande serré et qui ne l'est jamais. C'est les Shadoks, Bernard Pivot, *Le Temps de la rengaine* de Serge Lama, et les huit salles de cinéma de l'Odéon. C'est la blonde à la minijupe en daim de la rue Gabriel-Péri. C'est Roland-Garros et le coup droit de François Jauffret. C'est le complément d'objet direct qui fait l'accord s'il est placé avant. C'est Simone Veil qui pleure d'épuisement en faisant passer la loi sur l'avortement à l'Assemblée nationale. C'est inventer la ficelle quand on a déjà la baguette, le bâtard et le pain. C'est une femme nue et hilare offrant son entrejambe au soleil, dessinée par Reiser. C'est Gabin qui crache : *Salauds de pauvres !* La France, c'est celle par qui l'ennemi connaîtra le prix du sang et des larmes. C'est un roc, c'est un pic, c'est un cap. C'est la montée à l'échafaud d'un roi, puis la montée à l'échafaud de ses accusateurs. C'est *Carmen*, José Artur, le carré blanc au bas de l'écran télé, le casque de Jacno sur le paquet de Gauloises. C'est *La Marseillaise* du 14-Juillet et *La Marseillaise* de Gainsbourg. La France, c'est chez moi.

Ministre ou cantonnier?

Un matin, on rassemble tous les élèves de troisième dans la cour. Il y a du militaire dans la manœuvre. Monsieur le Principal, obéissant à on ne sait quelle directive de son ministère, nous met en garde sur les choix d'orientation que nous aurons à faire en fin d'année : toute filière non scientifique est vouée au chômage, a fortiori les sections littéraires, des « voies de garage », expression que je découvre.

Du haut de nos treize ans, il va falloir choisir : ministre ou cantonnier? Neurochirurgien ou camelot? Clerc de notaire ou poète? L'épée de Damoclès est désormais suspendue au-dessus de notre tête, à nous autres fâchés avec l'algèbre, nous voilà prévenus. J'en vois trembler dans les rangs. Moi qui manifeste de belles dispositions à l'inquiétude, je me sens ici étrangement serein. Hier, j'ai cessé de craindre l'avenir, les institutions, le monde du travail et ses compétitions, le chômage et ses misères. Quoi qu'en pense Monsieur le Principal, je vais évidemment choisir une voie de garage où, avec d'autres, inaptes à devenir maîtres du monde, nous formerons un joyeux club de losers. J'obtiendrai ce baccalauréat même si personne ne l'attend chez moi, je le dois à ma sœur Anna, qui l'aurait décroché avec deux ans d'avance si on l'avait laissée faire. Je le dois avant tout à la communale, qui m'a accueilli sur ses bancs en faisant preuve d'une patience illimitée à mon égard. La suite m'appartient. Faut-il avoir un père qui récite les vers du Cid et une sœur en hypokhâgne pour persister dans l'idée folle de vivre un jour de son écriture ? Si je ne m'en donne pas l'autorisation, qui le fera ? Qu'on me laisse me casser les dents sur le réel, que je compte justement subvertir et transfigurer. Les premiers mots du matin seront : *Il était une fois*.

L'imagination est un cobaye de laboratoire

Adolescent, je ne suis plus tenu, durant mes étés italiens, de faire la tournée des cousins. La ville de Sora dispose de trois cinémas indépendants qui changent de film chaque jour. L'immense Capitol programme les exclusivités et reprend les succès du box-office international ; on fume au balcon, on allonge ses jambes sur le dossier d'en face, on peut faire la peau du projectionniste si la pellicule casse, le seul interdit étant stipulé sur un écriteau à l'entrée : *è vietato mangiare la pizza*. Le Liri donne les productions italiennes de l'année, et le Supercinema, dans le quartier mal famé, projette les pires films de genres, westerns calamiteux, péplums misérables, pornos bas de gamme, gores désolants, polars sanglants type *giallo*. La série B ne s'interdit rien, c'est sa grande force. Le pire nous surprendra toujours.

Dès le lever, je file vers la grand-place pour découvrir les affiches du jour ; si je jongle habilement avec les horaires des séances, et si je cours assez vite entre deux salles, je peux enchaîner

MASH de Robert Altman, *Brancaleone s'en va-t'aux croisades* de Monicelli, *L'Oiseau au plumage de cristal* de Dario Argento. Hier, grâce à mes chronométrages, je n'ai pas raté une minute du générique de *Django prépare ton cercueil*, de *Mean Streets* de Martin Scorsese, ni du *Colosse de Rhodes.* Demain j'ai déjà le tiercé dans l'ordre : *L'Exorciste*, *La Toubib aux grandes manœuvres*, *Nous nous sommes tant aimés.* À l'âge où la capacité d'étonnement est inépuisable, je passe du splendide au navrant, de l'incongru au jubilatoire. À tant faire se côtoyer le navet et le chef-d'œuvre, les raisons d'un ratage m'intriguent autant que les mystères des mises en scène magiques. Parfois, du fait d'un acteur commun, les films entrent en résonance ; hier, Jack Nicholson incarnait un psychanalyste dans *Tommy* de Ken Russell. Aujourd'hui, c'est un malade mental dans *Vol au-dessus d'un nid de coucou.* Demain, il mourra dans *Easy Rider*. Après-demain, il renaîtra sous les traits d'un détective privé dans *Chinatown*. Ici j'ai même droit aux séances de rattrapage. À Vitry, les copains du quartier étaient allés voir en bande *Il était une fois dans l'Ouest* et avaient formé un club d'initiés dont j'étais exclu, mon père ayant trouvé excessif le prix de la place. Au Liri, on passe régulièrement tous les Leone, notamment la « Trilogie du dollar » avec Clint Eastwood, ou *Il était une fois la révolution*, qui me bouleverse sans que je sache trop pourquoi. À la rentrée, l'exégète absolu de l'œuvre du Maître, ce sera moi. Du reste, en découvrant le western spaghetti, j'oublie mon aversion pour le genre et ses classiques hollywoodiens – la seule apparition de John Wayne, et les valeurs qu'il véhicule, a sur moi l'effet d'un éteignoir. Débarrassé de son devoir d'allégeance à la bannière étoilée, le western américain contemporain revisite enfin son Histoire, comme dans *Le Soldat bleu*, ou *Little Big Man* d'Arthur Penn. Devant un Dustin Hoffman lumineux dans son rôle de visage pâle adopté par une tribu cheyenne, je comprends enfin pourquoi, dès mes premiers jeux de rue, je me suis senti plus à ma place chez les Indiens que chez les cow-boys. Hoffman devient l'acteur emblématique de ces années-là, c'est *sa* décennie : *Papillon*, *Macadam Cow-boy*, *Lenny*, *Marathon Man*, *Les Hommes du président*, tous projetés au Capitol, avec une mention spéciale pour *Le Lauréat*, qui fait toujours salle comble – je n'ai jamais envisagé d'études supérieures mais, s'il est avéré qu'une fois le diplôme en poche on obtient les faveurs d'une Mrs Robinson, je veux bien revoir ma décision. Aucun exploitant n'étant regardant sur les interdictions au jeune public, je me risque aux érotiques soft comme *Malizia*, avec Laura Antonelli, ou à des films d'épouvante bien plus corsés. Mais toute cette licence a un prix. Faute de la présence d'un complice avec qui créer un effet de distanciation, je me confronte seul à l'effroi. *Massacre à la tronçonneuse* me hante des nuits durant.

Au sortir de cinq à six heures de péripéties frénétiques, je me retrouve dans un lieu étrange, tout en lenteurs, en bruissements, constitué de bâtiments de trois étages uniformément ocre. Au coin des rues rien ne surgit, sinon une autre rue, et non une pyramide aztèque ou un building de la CIA. Les voitures respectent le code de la route. Je n'entends pas le moindre coup de feu ni ne croise d'agonisant voulant me confier ses dernières volontés. Dans une allée arborée, au lieu d'une cohorte romaine ou une meute de morts-vivants, j'avise un monsieur promenant son chien et un gardien tirant des poubelles. Les minutes, interminables, semblent durer soixante secondes. Je débouche sur une place assez grande pour contenir un couple de dinosaures, mais je n'en trouve aucun. Et j'ai beau traverser la ville de part en part, aucune belle inconnue aux lèvres rouge vif ne me lance d'œillades aguicheuses. Où suis-je tombé, mon Dieu...? Ah oui! C'est le réel. À table, Cesare, Elena, Anna et son mari se plaignent de la chaleur, paraît-il exceptionnelle, ce dont je m'étonne, moi qui disparais aux heures les plus chaudes dans des salles climatisées. J'ai envie de leur demander ce qui s'est passé dans la vraie vie. Avez-vous vécu un seul moment valant la peine d'être mémorisé ou partagé? Avez-vous compris quelque chose dont hier encore vous n'aviez pas conscience? Avez-vous ri, pleuré? Êtes-vous tombés en pâmoison devant un visage? Qu'avez-vous appris sur le monde et son Histoire? Saviez-vous que Wild Bill Hickok est mort d'un coup de revolver dans le dos pendant une partie de poker? Que *La Planète des singes* est tiré d'un roman écrit par un Français du nom de Pierre Boulle ? Que Caligula était l'oncle de Néron ? Que l'informateur de l'affaire Watergate était surnommé « Gorge profonde » ?

Au coucher, les images marquantes du jour reviennent me visiter pêle-mêle. Des coulées de celluloïd entrent en fusion dans mon cortex comme dans un creuset de chimiste. Les amants maudits, les gangsters, les explorateurs, les gladiateurs et les vampires sont des êtres ardents et désirants, en recherche d'un trésor, d'une cité perdue, d'une formule secrète ou d'un destin sublime, gloire, vengeance, rédemption. Ils disparaissent dans une machine à remonter le temps ou dans les mâchoires d'un grand requin blanc, dans une faille spatiotemporelle ou dans un livre d'Histoire. Toutes situations transposables, par-delà le cinéma, dans le romanesque au sens large. Elles engendrent des questionnements, contrarient mon sens logique, heurtent ma morale, stimulent mes besoins d'extrapolation. Le champ des possibles s'étend, les formats tombent. Et si on décloisonnait les genres ? (Ce drame réaliste ne serait-il pas plutôt une comédie qui s'ignore ?) Et si on inversait les propositions classiques ? (La mafia a plus à craindre de moi que je n'ai à craindre de la mafia.) Et si on se débarrassait des figures imposées d'ordre moral ou idéologique ? (Le bon est une brute et le truand s'en indigne.) Et si on s'autorisait tous les registres ? (L'épouvante est dans le boudoir.) Je monte à la va-vite de nouveaux rayonnages dans la bibliothèque de mon imaginaire. L'hubris me gagne.

Aujourd'hui, la péripétie me préoccupe moins que le juste équilibre d'une structure, sa fluidité, sa lisibilité. À quoi bon ce rebondissement s'il fausse le rythme ? Pourquoi cet épilogue s'il ne s'impose pas comme le seul possible ? Hier, je me représentais l'imagination tel un chien de l'enfer libéré de ses chaînes. Aujourd'hui, je la vois comme un cobaye de laboratoire obstiné, capable d'éviter les pièges et d'emprunter des raccourcis pour trouver l'issue d'un labyrinthe. Et si malgré tout il tourne en rond, il peut encore creuser dans une cloison pour se libérer !

Parmi la centaine de films vus chaque été durant ces années-là, beaucoup ont aujourd'hui les honneurs de la Cinémathèque, quand d'autres, classés à l'époque « Art et essai », moisissent dans les placards de l'Histoire du cinéma. Certains, miraculeux, réconcilient le cinéphile fervent et le client du pur divertissement. Depuis, il m'est difficile de distinguer le cinéma commercial et populaire d'un autre, exigeant et ambitieux. Celui de Wim Wenders me pousse vers des rêveries dont je ne reviens jamais tout à fait le même. Dès les premières notes du générique de *Rocky*, je suis pris d'une émotion irrépressible, impossible à partager avec mon entourage. Une fois par an je revois le *Décalogue* de Kieslowski, pour moi plus riche d'enseignements que les Tables de la Loi. Je me repasserai *2001 l'Odyssée de l'espace* tant que je n'aurai pas compris son épilogue, ce qui n'arrivera peut-être jamais. Je connais la plupart des répliques de l'inspecteur Harry Callahan, dont la philosophie pragmatique m'a soutenu en maintes occasions. Buñuel me rappelle ce qu'est la subversion quand me gagne le conformisme. *Fight Club*, de David Fincher, tiré d'un roman de Chuck Palahniuk, me rend fou de jalousie tant il représente pour moi la fable contemporaine parfaite. Quand la langueur me saisit, Woody Allen la chasse dès sa première réplique. Et à l'heure du bilan, *Les Fraises sauvages*, d'Ingmar Bergman, m'aide à éclairer le chemin parcouru.

Mais tout cela n'a pas encore eu lieu. Pour l'heure, j'essaie de trouver le sommeil sur un matelas posé dans un coin de bureau chez ma sœur Anna, en Italie. Demain, si mes calculs sont exacts, j'enchaînerai *French Connection* de William Friedkin et *Les Sévices de Dracula* de John Hough. Je terminerai par une pochade d'Ettore Scola, avec Alberto Sordi et Bernard Blier, *Nos héros réussiront-ils à retrouver leur ami mystérieusement disparu en Afrique ?*. La réponse est oui à n'en pas douter. Mais ne dit-on pas que la destination importe peu, seul compte le voyage ? N'est-ce pas ce que nous racontent toutes les histoires ?

Un certain lyrisme crépusculaire

Le lycée Romain-Rolland d'Ivry est, dit-on, une « annexe d'Henri-IV ». Qu'est-ce qu'une annexe, où se trouve Henri-IV, et en quoi est-ce si prestigieux? Monsieur le Principal nous avait prévenus : les futurs maîtres du monde et les charlatans se croisent dans les couloirs. Figés chacun dans une posture arrogante, ils s'ignorent plus qu'ils ne s'affrontent. Les lettrés fument dans le hall. Les matheux révisent leurs maths. Les lettrés sèchent pour aller au cinéma. Les matheux révisent leurs maths. Les lettrés s'intéressent au sexe opposé. Les matheux révisent leurs maths. Les lettrés ergotent des heures durant sur la pop et le rock. Les matheux révisent leurs maths. Les lettrés s'éveillent à la politique. Les matheux révisent leurs maths. Ils seront ingénieurs, architectes, chercheurs, polytechniciens, médecins, énarques, créateurs d'entreprise, décideurs, directeurs, présidents, et nous, le reste. Dans nos rangs, les plus sérieux visent des études supérieures dans des filières d'excellence. Les autres, à qui on a assez répété qu'ils allaient perdre leur temps, le perdent en esthètes. Les classes de lettres étant massivement féminines, la nôtre se compose de vingt-huit filles et de quatre curieuses créatures gentiment surnommées « Les garçons » – conscients de leur chance de se voir ainsi entourés. Sur la fiche de renseignements demandée en début d'année, peu d'entre nous savent quoi répondre à la rubrique : *profession envisagée*. Nadia veut être assistante sociale, Catherine prof d'anglais, Clarisse caresse le rêve hippie d'un retour à la terre, Laura veut repartir en Italie pour y ouvrir une agence de tourisme, et Dominique veut devenir Boris Vian. N'osant assumer : *fabricant de fiction*, je laisse la ligne vide.

Durant nos deux petites heures de mathématiques – de niveau quatrième, vu notre retard –, nous affichons une indifférence narquoise. Avant la fin du premier trimestre, on nous annonce que Mme Jégot, tombée en dépression, ne sera pas remplacée. Nous ne saurons pas si notre résistance passive y est pour quelque chose mais nous voilà débarrassés des équations et des identités remarquables. Les profs de français des classes scientifiques subissent le même type de vexation devant des élèves qui, pendant leur cours, un manuel caché sous la table, révisent leurs maths.

En français, Mme Maréchal m'autorise à lui remettre des textes libres sans me contraindre à suivre le programme. Dans les autres matières je persiste, comme au collège, à rendre des nouvelles à l'issue des interrogations écrites. Je vais prendre là une leçon d'écriture qui me sera curieusement donnée par la professeure de sciences naturelles.

Lors de ses contrôles, Mme Ruelland chausse des lunettes noires afin que nul ne sache où son regard se pose. Elle note au tableau trois questions dont je comprends à peine le libellé, la première nous enjoignant de détailler une expérience, faite récemment en classe, sur le prisme des couleurs qui composent la lumière blanche. Bien incapable de décrire le phénomène, je me lance dans un conte postapocalyptique où l'humanité, privée de soleil, subit la tyrannie des espèces nyctalopes. La semaine suivante, le zéro auquel je m'attends est bel et bien tombé mais Mme Ruelland, dont j'ai piqué l'orgueil et défié l'autorité, lit mon texte devant la classe, en y mettant le ton et en s'arrêtant, sans mauvais esprit, sur les phrases bancales ou incohérentes afin d'y remettre un peu d'ordre. Elle trouve le récit confus et maladroit, mais pas dénué d'un certain lyrisme crépusculaire. Puis elle enchaîne : « Monsieur Benacquista, si vous aviez écouté mon cours, vous auriez pu me remettre ceci. » Me prenant à mon propre jeu, elle s'est donné la peine d'écrire une nouvelle de science-fiction qui, à partir de ma situation de départ, répond aux trois questions de son contrôle sur le ton du romanesque. À l'inverse des autres profs, amusés ou agacés par mes élucubrations, elle m'a pris au sérieux, et sa leçon dit en substance : « Écrire ? Croyez-vous vraiment que l'imagination suffit ? Débarrassez-vous de l'esbroufe, maîtrisez votre démonstration, confrontez-vous à l'exercice imposé, retournez-le à votre avantage, et surtout, ne livrez à la lecture aucune phrase sur laquelle une vieille prof de sciences puisse trouver à redire. »

La grande dépression de 1977

Cette année-là, Elena et Cesare sont allés seuls au pays. Elle en revient aphasique, hébétée. Son éternelle et lancinante dépression vient de prendre une forme aiguë. Et pourtant Anna affirme que rien de notable ou de dramatique ne s'est produit, du moins en apparence, durant leur séjour. Les premiers jours nous pensons que de retour chez elle le quotidien reprendra son cours mais l'épisode dure. Chaque matin elle se lève, s'habille, se recouvre la tête d'un foulard, s'assoit sur le canapé et n'en bouge plus de la journée. À quoi lui sert ce fichu, noué au menton, comme si elle était sur le point de sortir, comme si elle attendait un train sur un quai de gare ? Nous signifie-t-elle symboliquement un cruel besoin de retourner là-bas ? Son habituel retranchement atteint ici un niveau inédit. Son mari et ses enfants lui sont invisibles. Quoi que nous tentions il est impossible de la ramener parmi nous. Clara l'accompagne à la consultation de psychiatrie de l'hôpital d'Ivry. Quoi de plus désarmant que d'imaginer un être inapte à la formulation tenter de commenter son mal, le ventre en vrille, la voix étouffée, face à un homme en blouse blanche attendant derrière son bureau qu'on lui suggère des pistes. Que peut-elle bien lui dire, elle, incapable d'une phrase complète chez le boulanger ? Va-t-elle passer de ses 30 % de mots français à 90 % ? Comment résumer vingt-cinq années de contrariété ? Va-t-elle, pour lui décrire son drame originel, lui crier sa rouuuuïna ?

Il lui faudra des mois avant de retrouver l'usage de la parole et de remiser le foulard sur la patère.

C'est beau, un colophon

Mes camarades de classe, et c'est la moindre des choses pour qui choisit une section littéraire, ont tous un livre d'avance, au programme ou non. À quinze ans, ce sont déjà de vieux lecteurs. Catherine est délicieusement choquée par *Belle du Seigneur* d'Albert Cohen. Isabelle, en russe première langue et fille de communistes, lit Gorki et Tolstoï. Koumar a emprunté *Justine* de Sade dans la bibliothèque de son père. Dominique lit et relit Boris Vian. Je me contente d'un seul ouvrage, *Les Mots* de Sartre, ses Mémoires, conçus en deux parties : *Lire* puis *Écrire*. Il y décrit un sanctuaire, la bibliothèque de son grand-père, professeur et écrivain. Il se revoit bambin, si impatient de lire qu'avant même d'avoir appris il mime les gestes du lecteur. Bientôt, il grimpe sur une chaise pour accéder aux rayonnages supérieurs. Il liste les mots *durs et noirs* qui gardent encore leur opacité, mais plus pour longtemps. Il reconnaît sauter certains paragraphes mais ceux-là sont du niveau doctorat et il n'a que six ans. Je pourrais reprendre chaque passage à mon compte en le retournant, comme une parfaite identification par antithèse. Je me suis revu enfant livrant une guerre du feu n'ayant rien embrasé. Je me suis revu à la porte de la maison du chat-qui-pelote. Si, comme on le dit, il suffit d'éprouver un plaisir une première fois pour que notre cerveau l'inscrive à jamais dans la liste de nos désirs, pourquoi n'ai-je pas cherché à retrouver le bonheur de lecture qu'ont été *Chroniques martiennes* et *Cyrano de Bergerac*, ni l'immense fierté que j'en ai tirée ? A fortiori depuis mes velléités d'écriture ? Si je prétends ouvrir un jour mon petit atelier de fiction, comment ne pas faire cet apprentissage-là ? Jadis les Compagnons du Tour de France sillonnaient le pays et séjournaient chez des maîtres artisans pour s'initier à leurs techniques et s'imprégner de leur passion du métier. Mon Tour de France à moi aurait de l'allure : Flaubert en Normandie, Chateaubriand en Bretagne, Giono en Provence, Pagnol en Méditerranée. Or, si j'imagine volontiers écrire un roman, en lire un, pour d'obscures et indignes raisons, me rebute toujours autant.

Mais cette fois mes esquives habituelles ne suffiront plus. Je dois rendre une fiche de lecture sur un titre de mon choix. À trop retarder ce choix on m'impose *Une vie* de Maupassant. Un moindre mal, sachant que j'ai évité de peu *Le Lys dans la vallée*, de sinistre réputation. Quand on prononce son nom pour la première fois, j'entends « mot passant ». Que nous dit le dictionnaire ?

Célèbre pour ses nouvelles, il a toutefois écrit des romans pour pourrir les journées du jeune Tonino. Mon tout premier s'intitulera donc *Une vie*. Je sens déjà poindre le devoir d'admiration, car tout ce que je vais lire sera vrai, bon, juste, brillant, panthéonisé, incontestable. Une vie, c'est long. 448 pages. *Une mort* aurait été un meilleur titre.

En outre, la vie en question est celle d'une femme. N'y a-t-il pas assez de capitaines, d'arrivistes, de boutiquiers, de bagnards, de rentiers, d'usuriers et de gigolos dans la littérature française ? À quoi bon s'engager dans un récit sans le plus petit espoir d'identification ? Comment moi, fils d'immigrés sans manières ayant poussé sur le bitume, vais-je me préoccuper des mésaventures romantiques d'une châtelaine normande née au siècle dernier ? Décidément ce bouquin aura ma peau. On va me retrouver écrasé sous un monument national, ou pire, suicidé par ingestion de chef-d'œuvre.

Je commence ma lecture muni d'un double décimètre invisible qui mesure les espaces vides contenus dans une page imprimée ; les demi-lignes de dialogues sont des petites récrés, les blancs de fins de chapitre des dimanches, et les césures entre les parties, des vacances. Pas question de saisir à la volée trois mots d'un paragraphe pour en deviner le contenu, pas question de m'autoriser un quota raisonnable de phrases hermétiques vouées à le rester, je connais trop bien le piège, car si je lâche sur une seule, la page va se fissurer et entraîner dans sa chute le livre entier. Je dois aussi me méfier des mots inconnus dont la recherche systématique dans le dictionnaire nuirait gravement à la concentration, d'autant que le mien ne fait mention ni d'un *livre de plain-chant*, ni d'un *phaéton*, ni du verbe *anathématiser*. Rien ne m'est épargné du décor, bâtiments, mobilier, boiseries compliquées, bibelots biscornus, broderies savantes. Ces rébarbatives descriptions avaient sans doute une vocation documentaire à une époque où seuls le livre et la peinture participaient à notre représentation du monde ; aujourd'hui elles me font l'effet d'une interminable visite dans un vide-greniers. Et pourtant il va falloir y séjourner, dans cette demeure où règne la bonté, *un trou sans fond toujours ouvert*. Car ici les mœurs ne supportent pas la médiocrité ; Jeanne, notre héroïne, exaltée à plein temps, est folle de bonheur à l'idée de l'avenir passionné qui l'attend, elle en pleure de délice, elle n'en dort pas de la nuit, *inondée d'une joie délirante*. Ces états d'âme absolus, ces émotions sublimes, ces sentiments exacerbés ont-ils une quelconque teneur en réel s'ils me demandent un tel effort de décryptage ? Au seuil de ma vie d'adulte, l'étude de ces mœurs surannées me servira-t-elle un jour ?

J'imagine mes trente et un camarades de classe d'ores et déjà installés dans leur cocon romanesque, pendant que je suis sur le point d'envoyer valdinguer ce livre comme un énième échiquier renversé. Or, il n'est plus question de douter mais de croire, accepter : tenir ! La demoiselle Jeanne nous chante qu'un jour son prince viendra et, de fait, on le voit venir de loin, ce vicomte de Lamare, beau parleur à la *figure heureuse*. C'est déjà la noce, et la nuit qui s'ensuit, à laquelle rien n'a préparé l'innocente enfant sinon son père, de bien maladroite façon, et l'inévitable se produit : *Une souffrance aiguë la déchira soudain; et elle se mit à gémir, tordue dans ses bras, pendant qu'il la possédait violemment.* Une minute plus tard, c'est la fin de la jeunesse, de ses rêves d'amour, et sans doute le début véritable d'*une vie*. Un certain ennui me gagne, ce qui somme toute est bon signe : le chemin est fastidieux mais je n'ai plus peur d'être largué en route : je lis un roman. Et si, entre deux descriptions de gentilhommières, entre deux pâmoisons face à la nature, entre deux tiraillements du cœur, je m'accroche au fil des pages, c'est aussi parce que j'y trouve ici ou là des fulgurances dont les jeunes gens ont besoin pour se forger des convictions. *Le prêtre sut plaire, grâce à cette astuce inconsciente que le maniement des âmes donne aux hommes les plus médiocres appelés par le hasard des événements à exercer un pouvoir sur leurs semblables.* Je sors la phrase de son contexte et la range dans mon bagage pour le jour où je foutrai le camp d'ici. À ce point de ma traversée, le livre en main, seul dans ma chambre à l'heure où les vociférations du soir se sont estompées, j'entends au loin un bruit étrange, une sorte de grincement métallique difficile à identifier, telle une chaîne aux maillons rouillés qu'on déroule. C'est à moi que ce bruit s'adresse mais il est trop tôt pour en saisir le sens.

Au lendemain de cette coucherie calamiteuse, le mari révèle déjà sa mesquinerie, son égoïsme, son besoin de domination. Je guette pour ma part un rebondissement de nature à contredire le malheur annoncé de cette jeune femme dont le destin m'importe désormais – s'agit-il d'une inévitable empathie dès lors qu'on séjourne assez longtemps dans la psyché d'un autre, même fictif? Je crois tenir mon retournement pendant le voyage de noces en Corse, où l'on croise une farouche demoiselle pressée de se venger d'un promis indigne – car ici on punit la trahison par le crime de sang. Elle a besoin d'un revolver, que Jeanne se charge de lui offrir au lieu de reprendre l'idée à son compte, cette gourde. À défaut d'un drame passionnel, le séjour vire au cours de botanique, avec une description du maquis émaillée de termes sonnant comme des maladies, lentisques, alaternes, myrtes, clématites, cystes, une *inextricable toison* dont je m'empresse d'oublier le détail. Les conditions météo font écho aux humeurs des personnages dans les précipitations comme dans les embellies, c'est même l'occasion pour moi de distinguer lyrisme assumé et grandiloquence – *cambrant sous le ciel son ventre luisant et liquide, la mer, fiancée monstrueuse, attendait l'amant de feu qui descendait vers elle*. Car le lecteur novice a pris de l'assurance en cours de route ; il remet en question la légitimité stylistique du célèbre écrivain, scrute ses hyperboles, se préoccupe du bon usage comme Grevisse en personne : comment des « occupations » peuvent-elles être

« microscopiques », un ventre « pointu » ? Et pourquoi cette prolifération de points-virgules, dont aucun n'a la même valeur ? Il va jusqu'à s'interroger sur le bien-fondé de certains personnages : pourquoi créer la tante Lison, cette autre Jeanne qui n'aurait pas même atteint la noce ? Même si *en elle fermentait une émotion extraordinaire*, à quoi sert-elle, sinon à marquer une redondance ?

Le plus irritant est le manichéisme moral de cette société où le cynique gouverne le naïf, toujours prêt à tendre l'autre joue. Julien prend le commandement du château *pour satisfaire pleinement ses besoins d'autorité et ses démangeaisons d'économie*. Ivre tous les soirs, il pique des colères qui sidèrent sa belle-famille, comme un Benacquista chez des Polsinelli. Allons-nous enfin quitter le point de vue de la victime pour adopter celui du tourmenteur ? Hélas, je n'apprends rien sur la mécanique du ressentiment, de la rancune injustifiée, sinon que la misère et l'échec ne l'expliquent en rien, Julien étant bien-né, éduqué, à l'abri du besoin.

Si un rebondissement ne survient pas bientôt je vais, comme dans une rédaction de cinquième, reprendre le récit en main. Mais soudain, sans sommation, la bonne accouche. *Nous le forcerons à te rendre heureuse*, s'indigne Jeanne, impuissante à lui faire avouer le nom du coquin. Suis-je aussi ingénu qu'elle pour n'avoir rien vu venir malgré l'accumulation de signaux ? Elle a beau surprendre son mari dans le lit de Rosalie, tout le monde s'arrange des tromperies du vicomte, le curé en premier lieu, les parents de Jeanne y compris, eux-mêmes ayant joyeusement fauté par le passé, c'est la *coutume du pays*. Comme Jeanne, tant de permissivité me choque. Dix ans après la révolution sexuelle, je vis certes à une époque où il est interdit de s'interdire quoi que ce soit, mais cette année je suis tombé gravement amoureux d'une « russe première langue », la frange sur les yeux et la Camel au bec. Nous découvrons le passionnel et le charnel. L'idée d'infidélité nous angoisse : nous avons seize ans. À l'aune de mes tout nouveaux états d'âme, je mesure ceux qui sont à l'œuvre dans *Une vie*.

Julien fornique avec une voisine que Jeanne prend pour sa seule amie. C'est maintenant qu'elle aurait besoin de son revolver. Le mari trompé se chargera de la vendetta, et de la plus extravagante façon : il précipite dans un ravin la cabine en bois qui abrite les étreintes des amants adultères. En un seul geste, il nous rappelle que le romanesque a tous les droits.

À nouveau, j'entends cet étrange grincement métallique au loin, dont je comprends enfin l'origine ; il s'agit d'un pont-levis qu'on descend, celui d'une citadelle perdue dans le brouillard. Je m'y sais attendu mais suis prudent, car long est le chemin me restant à accomplir.

Le tyran est mort mais un autre attend son heure ; notre héroïne a engendré un garçon parti pour gouverner la maisonnée. La voilà dévastée d'amour pour un petit ingrat qui ruine ses finances et sa santé. Du sacrifice de soi comme un des beaux-arts. Mais au mitan de ma lecture, je n'en veux plus à Jeanne. Comme elle j'ai perdu toute vigilance, j'accepte tout, l'emphatique et le déclamatoire, le pathétique et le déraisonné, mon besoin d'adhésion ne souffre aucun recul, aucun commentaire : tout fait sens. Je me cherche dans chaque adjectif, car malgré mon jeune âge je les ai tous ressentis, vécus, subis. Je suis même prêt à raboter des petits bouts de ma vie pour les transposer dans le bouquin ; chaque personnage évoque quelqu'un de mon entourage, chaque scène me rappelle une situation déjà vécue, enfin mise en mots comme seul Maupassant a su le faire.

Jeanne n'est qu'une épave quand elle recueille le bébé dont son fils ne veut pas. Après tant d'égarements, de tromperies et de malheurs, elle embrasse ce cadeau du ciel comme si Dieu avait voulu se faire pardonner. Me voilà déjà rendu à la toute dernière ligne : *La vie, ça n'est jamais si bon ni si mauvais qu'on croit*.

Ma récompense avant de refermer le livre : un colophon. La note donnant les références d'un ouvrage et de son impression, centrée sur la dernière page ainsi qu'une médaille dans son écrin. C'est beau, un colophon.

Et me voilà devant le pont-levis baissé de cette citadelle. On m'invite à entrer : *Viens, on t'a fait une place*. Il y a erreur, on se trompe, pas moi ! On insiste : *Fais pas ton timide, entre !* Je suis accueilli par une joyeuse communauté de sages, d'initiés, d'esprits éclairés et affranchis, qui tous ont pour point commun d'avoir lu *Une vie*. Je suis des leurs.

La lecture d'un classique du XIXe comme rite d'intronisation. Un sauf-conduit me permet dorénavant de circuler où je veux dans cette langue.

*

Le lecteur fervent que je suis devenu rattrape le temps. Un chef-d'œuvre en appelle un autre, et la vision que j'ai de moi à l'heure du trépas, c'est un livre à la main, en proie à une épiphanie tardive suscitée par une phrase de Montaigne ou de Flaubert. *Comment ai-je pu m'en passer jusqu'à aujourd'hui?*

Le vase vénitien

Dans le hall du lycée, je croise un passeur.

C'est un surveillant, il s'appelle Jean-Bernard. Il me sait préoccupé d'écriture. Je ne me doute pas qu'il l'est aussi. Un jour, il sort de sa besace le manuscrit de son roman pour me le confier. « C'est un polar », dit-il.

L'image que je me fais en 1977 d'un écrivain vivant est celle d'un quinquagénaire à qui il arrive des choses passionnantes, des guerres, des voyages, des divorces ; il porte des cravates en laine, cite Ronsard, arbore une rosette à la boutonnière, fume la pipe, passe à Apostrophes, publie des articles dans les grands quotidiens et signe ses dédicaces avec un Montblanc. Et me voilà devant un gars d'à peine quinze ans mon aîné, fagoté comme l'étudiant attardé qu'il est. Il surveille les cantines, prend le métro, écoute les Stones, fume du gris. Le soir, dans son coin cuisine, il a tiré d'une Corona portative deux cent cinquante feuillets, qu'il me tend, reliés par des pinces à clé. Il prend pour prétexte de me demander mon avis sur son texte mais sa véritable intention est de me dire en substance : « C'est à ta portée. » Le geste est généreux. Celui dont j'ai exactement besoin. Une digue vient de céder.

Il m'avoue son rêve d'être publié dans la Série Noire. Il m'en raconte l'histoire, déjà légendaire : son créateur, ses auteurs, ses chefs-d'œuvre, ses curiosités, ses adaptations au cinéma. Je suis intrigué par sa façon délibérée de s'inscrire dans un genre, le roman policier – il préfère dire « roman noir ». Le roman noir, c'est de la fiction en marche, déterminée, c'est de l'investigation, de la recherche de vérité cachée, souvent sombre et dérangeante. Ce roman-là ne dédaigne ni le suspense ni l'action. C'est un roman marginal qui serait au roman traditionnel ce que le voyou est au bon bourgeois. C'est un roman populaire, écrit dans une langue fluide, celle du plus grand nombre. C'est un roman qui me ressemble. Il me parle et parle de moi.

Jean-Bernard vient de me proposer une forme, un cadre, dont je peux m'emparer séance tenante. Il m'a surtout débarrassé des gravités d'une solennelle *entrée en littérature*. Je peux m'insinuer dans ce roman-là par effraction, en forçant un soupirail. Je peux d'ores et déjà raconter ma rue, d'apparence tranquille, mais qu'en est-il des caves et des greniers ? Je vais décrire mon mystérieux voisin d'en face, un vrai personnage. Je vais échafauder des intrigues vicieuses. Je vais ouvrir une agence : *Investigations et filatures, enquêtes discrètes*. Je vais venger Jeanne de Lamare de salopards comme son mari Julien. Pas besoin d'éplucher le Lagarde et Michard pour s'attaquer à un genre qui jamais n'aura les honneurs du Lagarde et Michard. Du reste, Balzac, Dumas et Maupassant, vus à travers ce nouveau prisme, m'apparaissent désormais comme des auteurs de romans noirs.

Le roman à énigme classique, celui de Conan Doyle ou d'Agatha Christie, décrivait un crime esthétique et savant, prétexte à un jeu cérébral avec son lecteur. Celui des auteurs de Série Noire est brutal et réaliste, c'est celui du fait divers, des organisations mafieuses, de la domination de classe ou de la violence d'État. Dashiell Hammett, leur chef de file, a été détective privé. Raymond Chandler a dit de lui : *Hammett a sorti le crime de son vase vénitien et l'a flanqué dans le ruisseau*. À sa façon, c'est ce que Jean-Bernard vient de faire pour moi : sortir la littérature de son vase vénitien et la flanquer dans le ruisseau.

J'ai lu tous les livres

À l'oral du bac de français, dans une liste de dix textes, l'examinateur choisit « Brise marine », un poème où Mallarmé décrit son désir urgent de planter là femme et enfant pour céder au vent du large.

La chair est triste, hélas! et j'ai lu tous les livres.

Au lieu d'interrompre là ma lecture, j'ai joué au candidat, et si mal. À cet homme dans la cinquantaine, aux lunettes cerclées, à l'abondante chevelure grise rejetée en arrière, j'aurais dû présenter mes excuses et, à travers lui, à tous les professeurs de français.

Non monsieur, c'est faux, je n'ai pas lu tous les livres. À l'heure où j'en termine avec mes années scolaires, je vous dois un aveu. J'ai été déloyal envers vous, mes seuls alliés, qui avez respecté mon indépendance d'esprit et les chemins de traverse qu'elle empruntait. J'aimais lire dans votre regard la circonspection en me rendant ma copie, selon vous hors sujet, mais toujours vue comme un joyeux dérivatif à la monotonie des corrections. Certains commentaient mon style sibyllin et filandreux. L'un de vous ne m'a-t-il pas demandé discrètement si je suivais une psychothérapie ? Avec quelle ironie je passais à vos yeux pour un insatiable lecteur ; je feignais l'enthousiasme quand vous me prêtiez un livre, que je promettais de rendre au plus vite, ce qui était le cas, et pour cause : jamais il n'avait quitté mon sac. Il fallait m'entendre vous décrire le bonheur de lecture qu'ont été L'Écume des jours *ou* Le Lion *de Kessel, ou* Les Petits Enfants du siècle *de Christiane Rochefort. Mon seul souci était de ne pas trop en faire au risque de m'en voir refiler un autre. Je vous ai grugés, vous à qui je dois tant, et j'en ai honte. M. Traube, Mme Foux, Mme Bruisset, Mme Maréchal, Mme Delorme. Aucun de vous n'était de ces profs charismatiques comme on en voit au cinéma, qui vous initient aux guerres shakespeariennes sur un terrain de foot et qui trouvent Lamartine tout simplement « chiant ». Mais pour la plupart vous aviez lancé en 68 un pavé sur votre académie, et vous vous fichiez bien des consignes du rectorat tant que vous parveniez à faire se gondoler toute une classe à l'arrivée du grand Mamamouchi dans* Le Bourgeois Gentilhomme. *Si vous aviez su le peu d'efforts que je fournissais, alors vous auriez cessé d'être mes seuls alliés. Mais qu'y puis-je si je n'ai pas pleuré à la mort de Porthos, si je me suis perdu dans les couloirs de la pension Vauquer, si* L'Étranger *m'est resté si longtemps étranger ?*

Lire c'est entrer dans une cathédrale. Écrire c'est y mettre le feu. Lire c'est un patriarche qui vous veut du bien. Écrire c'est une petite traînée qui n'en fait qu'à sa tête. Lire c'est l'excellence des autres. Écrire c'est l'insuffisance de soi.

Délit de fuite

Parce que nos parents venaient de Broccostella, de Ceprano ou de Fontechiari, nous formions hier encore, sans honte ni fierté, la bande des ritals du quartier Saint-Paul. Nos invectives, nos quolibets, nos jurons s'échangeaient en version originale sans nul besoin de sous-titres. Il nous arrivait d'élire domicile, à la façon d'une maison dans les bois, dans une épave d'Aronde ou de Panhard abandonnée au bas d'une côte, le temps pour le service de la voirie d'en débarrasser les riverains. Notre repaire partait en pièces détachées, des mains anonymes et maculées de graisse venaient s'y servir, une bougie, une roue, une aile. Parfois, à la vue du cendrier plein, nous savions que des *grands* y avaient tenu salon. Nous y rêvions, nous y parlions filles, nous y faisions la guerre une fois notre tas de ferraille transformé en char d'assaut.

Dès l'adolescence, les copains passent pour de bon à l'ère motorisée. Les frères Franchini ont deux Solex pour trois, Claude Gagliardi gonfle le moteur de sa 49,9 « Orange », Marcello économise pour sa 125 Suzuki. On customise, on décalamine, on carène. J'ignore tout des cylindrées, pistons et carbus. Quand une DS tourne le coin de la rue, c'est parti pour une heure de bagnologie appliquée. Dès l'âge requis, ils roulent en voiture. Désormais ce sont eux qui désossent les épaves. « Quand est-ce que tu t'inscris au permis ? » me demande sans cesse mon frère. « Sans doute jamais » n'est pas la réponse attendue. Je ne mesure pas encore la portée symbolique de ce renoncement.

Certains ont décidé de reprendre l'entreprise familiale de maçonnerie, de peinture ou de carrelage. Michel veut décrocher son CAP de garagiste. Jean-Luc s'entraîne dans l'équipe de France junior de cyclisme, ses idoles se nomment Gimondi et Moser. Rocco, devenu turfiste de profession, passe ses journées à Longchamp et Vincennes. D'autres, peu pressés de gagner leur autonomie, en purs *vitelloni*, songent à ajouter un étage à la maison parentale ou à aménager la cave. Ceux qui ont vu *La Fièvre du samedi soir*, coiffés comme Travolta, vont en boîte de nuit. Nous n'avons plus rien en commun. Je ne suis plus des leurs. Du reste, je suis déjà parti.

Je vis en couple. Nous nous sommes fait des serments depuis deux ans déjà. À peine majeurs, nous voilà installés dans un meublé du côté de la gare de Vitry. J'enchaîne et cumule les jobs : manutentionnaire, vacataire, surveillant de collège, accompagnateur de trains de nuit ou serveur, notamment dans les pizzerias, où il me suffit de porter l'accent tonique sur mon prénom pour décrocher illico une place en salle ou en cuisine. Je m'inscris au département Cinéma de l'Université Paris-III non pour y décrocher un diplôme qui m'ouvrirait les portes des milieux professionnels – ceux qui y prétendent ont intégré des écoles de prestige –, mais pour que le mot « scénario » devienne une réalité matérielle, un outil dont je connaisse le maniement. Je me tiens éloigné des amphis où sont dispensés les cours de lettres modernes. Me tromper de porte me serait fatal. Je pourrais m'entendre dire que je suis une poussière dans la galaxie littéraire, ses planètes et ses constellations.

Je préfère consacrer le reste de mon temps à dompter une machine à écrire IBM dite « à boule », dégotée au marché aux puces de Saint-Ouen. Que ne donnerais-je pas pour avoir d'ores et déjà en main la retranscription d'une année de copies noircies au stylo à bille. Que n'ai-je, ainsi que mes sœurs, rejoint le cours Pigier au sortir de l'école primaire ? Clara n'a rien perdu de son aisance au clavier. Sous ma dictée, elle termine mes phrases avant moi. Avec un flegme rare, elle retranscrit sans les commenter mes élucubrations, mes maltraitances de la langue, mes inepties, mes lourdeurs, mes naïvetés, ma ponctuation dévoyée, mes métaphores hasardeuses, mon lyrisme à trois sous. Et me voilà devant le seuil du 5, rue Sébastien-Bottin, siège des Éditions Gallimard, tout étonné qu'on me laisse entrer. En bégayant, je dis à l'hôtesse d'accueil que j'ai « un manuscrit à déposer à la Série Noire ». Elle me répond de la manière la plus inattendue, la plus déconcertante qui soit : « Voulez-vous rencontrer quelqu'un ? »

Rencontrer quelqu'un? Mais qui, mon Dieu? Une secrétaire, un éditeur? Un de ceux qui ont connu Marcel Duhamel en personne, créateur de cette collection mythique? Ils sont deux, dit-on. D'âge canonique. Leur antre se situe, paraît-il, dans une cave aux murs jaunes et noirs, tapissés par les deux mille numéros de la collection. On dit aussi que dans un coin est accrochée une photo sous cadre de Dashiell Hammett, prise lors de son arrestation, à l'époque où le maccarthysme le poursuivait pour ses accointances avec le parti communiste. Je les imagine ensevelis sous une marée de manuscrits. Combien ont-ils vu passer de meurtres et de larcins, sanglants, tragiques, drôles, monstrueux? Et si, en ce moment même, ils s'entretenaient avec James Hadley Chase, de passage à Paris? Que leur dire si on me donnait accès à leur bureau? Que mes rêves aussi, le jour, la nuit, sont en jaune et noir? Et que si par extraordinaire j'étais publié dans leur collection, le reste de ma vie, après cet avènement, ne serait qu'un lent déclin?

Je pose le manuscrit sur le desk de la dame et file sans demander mon reste. Et la voilà qui dans la rue tente de me rattraper... Quel forfait ai-je commis pour qu'on me poursuive comme un malfaiteur? Je savais qu'en venant ici j'avais transgressé une loi. Avec une infinie prétention, j'ai osé écrire un machin qui se prend pour un roman et l'ai donné à lire à une maison ayant publié les dénommés Proust, Céline et Camus, dont je n'ai pas lu la moindre ligne. Un forfait que, de surcroît, je n'ai pas voulu signer :

— Vous n'avez pas laissé votre nom ni vos coordonnées sur la page de garde, comment voulez-vous qu'on vous contacte ?

Ne l'offrez pas à votre père, il va le fumer

Fort heureusement, ce premier crime ne sera jamais rendu public. Le manuscrit suivant paraîtra aux Presses de la Cité, et le troisième, enfin, à la Série Noire. Redevenu célibataire, installé au cœur de Paris, je trouve un boulot d'appoint où je peux bricoler mes histoires noires en toute discrétion. Dans un hôtel particulier doté d'un jardin, je veille d'un œil distrait sur des œuvres d'art contemporain qui attirent moins de dix visiteurs par jour.

Mes amis d'alors, eux-mêmes auteurs de polars, me surnomment affectueusement *le rital*. Tous ayant de grandes affinités avec le pays de Dante, ils s'étonnent que je ne revendique pas plus mon italianité et inventent pour moi une pathologie rare : la *dénégation péninsulaire*. Pour la soigner, ils me poussent à en faire un roman. Cette idée a priori saugrenue va bientôt prendre forme quand j'y vois l'occasion de passer en revue les poncifs sur les Italiens pour vérifier s'ils ont un quelconque fondement et, au besoin, leur faire la peau. L'époque étant aux débats sociétaux sur les banlieues et la jeunesse issue de l'immigration, le romanesque me permet, aux antipodes des essais, des enquêtes et des éditoriaux, de porter un regard tout personnel sur l'idée de double culture. Je tente de décrire intimement le sentiment d'appartenance, ou non, à une terre.

Un jeune homme persuadé de s'être débarrassé de ses origines se voit rattrapé par elles alors qu'il est plongé dans un chassé-croisé délirant autour d'un trésor caché au cœur d'une vigne. Je l'appelle Antonio Polsinelli, soit mon prénom dans sa forme complète et le nom de jeune fille de ma mère.

J'y recrée mon quartier, mes voisins, mes copains d'antan, mais avant tout, mes parents, en veillant à les dépeindre à l'opposé de ce qu'ils sont en réalité. La mère du protagoniste n'est plus une mélancolique à tendance dépressive mais une sorte de rêveuse à plein temps, sage et sereine. Le père, héroïque et protecteur, sauve la vie de son fils dans un ultime rebondissement. Comble de l'ironie! Car, au lieu de tuer métaphoriquement le père comme l'exigerait la doxa psychanalytique dans la vie réelle, je lui donne dans la fiction une seconde vie, je le fais renaître, débarrassé de sa médiocrité morale. En faisant d'Elena et de Cesare des personnages, j'ai le souci naïf et inconscient de les rendre pittoresques et présentables, de les créditer d'une stature. Je les réinvente selon mes rêves, je les donne à lire, je leur octroie cette immortalité symbolique que confère le livre.

Il va falloir trouver un titre à ce roman qui emprunte à la comédie italienne. *La commedia des ratés* est accepté d'emblée par la Série Noire où par tradition les jeux de mots et les détournements sont vivement encouragés. En fait de titre, il s'agit bel et bien d'un acte manqué. Mon frère est le seul à s'en émouvoir : « C'est nous les ratés ? » Je me défends d'une intention cachée. J'ai tort, il y en a une, non assumée. Hormis l'édition allemande, avec *Itakerblues*, le blues du rital, et l'anglaise, avec *Holy smoke*, toutes les traductions gardent l'esprit du titre d'origine. En italien, les ratés deviennent les perdants : *La commedia dei perdenti*.

Pourquoi, en lui donnant le beau rôle, ai-je écrit le roman du père et non celui de la mère ? Qui aurait raconté l'histoire d'une jeune femme dont les rêves vont s'effilocher sur la toute première aspérité du réel. Aux antipodes du polar, je me serais inspiré du réalisme romantique qui m'a tant résisté naguère. Je serais parti de cette photo sépia accrochée dans mon musée imaginaire, celle où mes parents se rencontrent, lui sur son attelage, elle traversant un pont. La scène fondatrice. Aux apparences de coup de foudre. Nul besoin de l'idéaliser ou de la lyriser : ce parfait chromo aurait pu être saisi sur le vif le jour dit, et servir de couverture au livre. J'obtiens des précisions sur ce moment-là. Les deux versions, que les intéressés, interrogés séparément, me livrent sans souci de pittoresque, se recoupent avec précision, chacun ajoutant des détails que l'autre n'a pas même remarqués. L'attelage en question était un *break* à deux chevaux. Fusil à l'épaule, Cesare portait des guêtres. Des quatre ponts donnant accès à la ville de Sora, Elena s'était engagée sur le ponte di Napoli. Même l'épisode de l'enlèvement a bien eu lieu – j'ai connu cette masure qui ne ressemblait en rien au repaire d'un prince charmant. Le médecin alors amoureux de ma mère a, lui aussi, bel et bien existé. Qui sait ce que, le cœur brisé, il est devenu ? Avait-il la moindre chance face à la détermination de son rival qui, dès son retour de guerre, en mai 1945, a su rencontrer, séduire, enlever, et épouser Elena en novembre, le tout en moins de six mois ? Sur cette situation de départ j'aurais bâti l'histoire d'une anti-Emma Bovary, une ingénue qui aurait choisi d'épouser Rodolphe le voyou au lieu de Charles le médecin. Ou encore celle d'une Jeanne de Lamare qui, au lieu de subir les récriminations d'un mari, aurait gardé dans son manchon un revolver. Cette histoire n'existera pas. J'espère simplement que, sur le tard, ma mère s'est consolée à la façon de l'héroïne de Maupassant. *La vie, ça n'est jamais si bon ni si mauvais qu'on croit*.

Devant un exemplaire de *La Commedia des ratés*, en français ou en italien, mes parents ne savent comment réagir. Un roman qui parle d'eux ? C'est quoi, un roman ? Au mieux je leur désigne un *Elena* ou un *Cesare* écrit en toutes lettres au hasard d'une page, les seuls mots qu'ils sont en mesure d'identifier. Je lis dans leur regard de l'inquiétude, non de la fierté. Avoir son nom écrit dans un livre est impensable.

« Ne l'offrez pas à votre père, il va le fumer ! » me dit-on, parce que j'y raconte l'anecdote du soldat Benacquista qui découpe un livre en lamelles pour se rouler des cigarettes. Un voisin l'ayant lu lui demande : « Vous avez vraiment vécu toutes ces aventures à la guerre, Cesare ? »

Écrire des livres, est-ce que ça paie, est-ce que ça dure ? Je leur précise que, par ailleurs, je suis « gardien de musée ». Les voilà rassurés.

Le roman obtient plusieurs prix dont le Grand Prix de littérature policière. On l'adapte en bande dessinée et au cinéma – Ben Gazzara y tient le rôle d'un évêque. Mais il est une retombée à laquelle je ne pouvais m'attendre. Car j'ai pris soin de glisser dans le texte deux ou trois recettes de *pasta*, dont celle des *penne all'arrabbiata*, qui sera reprise dans un vrai livre de cuisine, et celle des célèbres *spaghetti alla carbonara*. Je sais depuis toujours que la crème fraîche n'a pas sa place dans la recette originelle mais j'en ajoute dans la mienne pour la stupide raison que c'est ainsi qu'on la sert, en France, dans la première pizzeria venue. Le sacrilège ne reste pas longtemps impuni. Des ritals, gentiment mais réellement indignés, me tombent dessus ; on m'envoie des courriers incendiaires – *comment avez-vous osé, avec le nom que vous portez !* –, on m'interpelle dans des salons du livre. Comment imaginer plus bel hommage à ma *Commedia* ? Il y est pourtant question de racines, d'exil, de patrie, de diaspora, d'atavisme, de gènes, d'héritage, de guerre, de fascisme, de résistance au fascisme, de religion, de miracles, du Vatican, du sacré, et la seule controverse qu'il suscite réside dans une cuillerée de crème fraîche. La voix d'une communauté entière s'exprime là : hormis ce crime contre la *carbonara*, je ne l'ai pas trahie.

À la réimpression du roman je coupe l'ingrédient scandaleux. Aujourd'hui, quand il m'arrive d'en dédicacer un vieil exemplaire, je vérifie : s'il contient de la crème, il s'agit du premier tirage.

Mes disparus

Cesare va payer toute la facture d'un coup.

Un matin, sa femme le voit partir à l'hôpital. Il en revient le corps en morceaux.

Après l'amputation au-dessus du genou de sa jambe nécrosée à cause du diabète, il doit désormais vivre dans un fauteuil roulant. Suite à l'ablation d'une tumeur, grosse comme un œuf, sous la mâchoire, il se nourrit des mois durant par une canule plantée dans la gorge. De surcroît, on lui a diagnostiqué un cancer du côlon, un autre de la plèvre. Sous sa peau grise et décharnée, son squelette est saillant et son crâne se devine tel un masque mortuaire. Plus la moindre étincelle n'éclaire son œil, pas même celle de la rancœur. Il passe l'essentiel de sa journée le regard fixé sur la flamme d'un poêle Godin qui semble rallumer sa mémoire. Il meurt à soixante-dix-huit ans, soit l'âge moyen pour un homme à l'époque. Compte tenu de ce qu'il a fait subir à son organisme, mon père était doté d'une exceptionnelle longévité.

À peine a-t-elle quitté son voile de veuve

qu'Elena retourne en Italie, chez ses sœurs. Elle y retrouve son bonheur intact. Elle ne revient en France que parce que ses enfants y vivent. La veille de sa mort, dans une semi-inconscience, elle veut savoir où sont passés les meubles de la maison de son enfance.

Anna, toujours prompte à laisser entendre qu'elle a fait le bon choix en rentrant au pays, va pourtant revenir en France quand on lui diagnostique un cancer du sein. N'ayant nulle confiance dans le système de santé italien, elle s'en remet à l'Institut Gustave-Roussy, à Villejuif, comme tant d'autres exilés du cancer, ainsi que je les nomme dans la *Commedia des ratés*. À l'occasion, elle consulte un psychiatre pour son anxiété, son irritabilité permanente, dont la forme la plus apparente est une hyperactivité pathologique, à laquelle s'ajoute une composante logorrhéique : elle raisonne, hausse le ton, s'agace, développe des thèses, tente de convaincre comme si sa vie en dépendait. Elle ne se console pas de n'avoir pas fait ces études dont ses instituteurs rêvaient pour elle. Elle meurt à cinquante-quatre ans. Comme si, à travers tant d'agitation et de discours, elle avait retourné toute son intelligence inexploitée contre elle-même.

Yolande Benacquista, vous êtes indécrottable ! Ce mot aurait-il déclenché à lui seul une vie d'indolence ? Cinquante ans plus tard, son enfance de cancre a-t-elle laissé des séquelles ? Elle n'éprouve aucune honte à dire que sa passion première est son lit, qu'elle tuerait pour une heure de sommeil en plus, et qu'un huissier pourrait tout saisir chez elle à l'exception de sa couette, de sa télévision et de sa machine à café. S'est-elle réfugiée dans un cocon de solitude, un effacement consenti, puis revendiqué, pour cacher regrets et échecs? A-t-elle fui mari et enfants comme autant d'obstacles à sa solitude et à son sommeil? Est-elle cette fofolle que parfois elle surjoue pour amuser ses amis, ou est-ce un énième stratagème pour s'épargner tout effort de l'esprit? S'est-elle, par manque de confiance en elle, préservée du bonheur comme du malheur?

À soixante ans, à la suite d'une première et unique crise d'épilepsie, d'une violence inouïe, son visage est couvert de plaies et de bleus tant elle l'a cogné sur un coin de trottoir. À l'IRM on repère une tumeur au cerveau, qui l'emportera trois ans plus tard. Devant la maladie elle reste digne, comme si elle était « prête ». Elle nous sourit, nous parle avec sagesse et bienveillance. Elle fait preuve d'un courage insoupçonnable. Avant de disparaître, elle laisse une lettre intitulée *Enfance*, comme pour répondre à nos interrogations.

Enfance

Je ne me souviens pas de mon arrivée en France, avec mes sœurs et mon frère, mais je me souviens que j'étais une enfant terrible. Je criais, je pleurais quand on ne cédait pas à mes caprices. Je me souviens de Noël avec mes cadeaux de l'école primaire et comme j'étais la dernière j'avais toujours le cadeau que personne ne voulait : les dînettes en général et cela me convenait car j'aimais bien y jouer. J'ai eu un vélo que l'on m'a volé, il était beau mon vélo, il était rouge. Le rouge c'est une couleur qui primait chez nous. Mes parents nous avaient acheté à chacune un manteau et un anorak rouges. Étant donné que j'étais la dernière, j'ai porté pendant au moins dix ans la couleur rouge. J'étais très mauvaise élève, je n'écoutais pas, je ne pensais qu'à jouer et je me suis retrouvée au certificat d'études sans m'en apercevoir, heureusement pour moi j'étais pas trop mauvaise en calcul mais l'orthographe n'était pas vraiment mon fort et cela n'était pas gagné de passer mon certificat. Bien sûr tout le monde pensait que je n'allais pas l'avoir, y compris mes parents, ma classe et surtout mon institutrice... un miracle ce jour-là se produisit car une élève que je ne connaissais pas, et que je remercie encore aujourd'hui, me mit sa dictée sous le nez et voyant que « bicyclette » ou un autre mot ne s'écrivait pas comme je l'avais mis, j'ai rectifié comme sur la copie qui était sous mes yeux. Et miracle, personne n'y croyait, même moi je n'en croyais pas mes oreilles. Voilà comment les choses se sont passées eh bien vous me croirez si vous voulez, ma vie est là toujours, en coup de poker... Je me souviens que j'étais tellement nulle à l'école qu'un jour j'ai défilé dans toutes les classes avec la Directrice, mon cahier accroché derrière le dos avec des épingles. Cela m'a fait très mal surtout quand je suis rentrée dans la classe de ma sœur et je pense qu'elle aussi devait avoir honte car le soir elle ne m'a rien dit. Ensuite cours privé pour apprendre la mécanographie. 1er travail... ensuite routine jusqu'à aujourd'hui. Je ne me suis jamais plu là où j'étais. Quand j'étais en vacances, je voulais rentrer et quand je reprenais mon travail je voulais repartir... Tout me déplaît, je suis une insatisfaite aussi bien côté cœur que côté famille. Il y a des êtres qui viennent au monde sans passion sans espoir sans beauté sans intelligence sans malice sans rien mais quand je dis sans rien c'est sans rien, alors à quoi bon vivre, voir les autres se marier, avoir des enfants construire, partir, revenir, être normal. Cela me paraît tellement bizarre qu'à la longue je me suis aperçue que c'était moi qui étais anormale. C'est dur de se réveiller un matin et se dire que j'ai regardé ma vie sans la vivre, attendre que les choses arrivent, que j'ai subi et suivi les choses sans pour cela me sentir concernée. Je suis là mais personne ne me voit, je suis transparente ou presque, je mange, je bois, j'ai chaud j'ai froid, j'existe qu'à travers ça. Peut-on vivre toute sa vie comme ça? Eh bien oui la réponse est oui, mais ça fait mal. Les personnes sensées savent ce qu'il faut faire ou dire au bon moment sans crier, sans pleurer sans avoir mal. Comment savoir ce qu'il faut faire quand on ne sait pas? C'est bien ou pas? Ça me plaît ou pas? C'est vraiment ce que je veux ou pas ? Toujours ces mêmes questions. Alors je me suis fait guider par mes sœurs, par les autres... comme une dictée qui serait là au bon moment...

À son enterrement, je ne sais qui sont tous ces inconnus en pleurs. Ils sanglotent en me serrant contre eux. Ils me racontent une Yolande que je suis bien le seul à ne pas connaître. Sa joie de vivre, si contagieuse, sa disponibilité à l'autre. Les mots qu'elle savait trouver pour donner du réconfort. *Yolande Benacquista, vous êtes inoubliable.*

Sur les cinq enfants qu'a élevés ma mère, trois ont obéi à son injonction, *Ne vous mariez jamais*, et à son corollaire, *N'ayez pas d'enfants.* J'y vois désormais une prophétie.

*

Parfois, avec Clara, nous nous efforçons de mettre en perspective notre relatif malheur d'être nés de ces parents-là. Ils ne nous martyrisaient pas. Ils nous prodiguaient nourriture, linge, et chaleur l'hiver. Ils ne nous en voulaient pas d'avoir contredit les grands desseins que, du reste, ils n'avaient pas. Ils ont fait comme ils ont pu avec ce qu'ils étaient, ce qu'ils avaient. Ni elle ni moi n'ayant eu d'enfant, nous nous abstenons d'imaginer que nous aurions fait mieux. En revanche, rien ne nous interdit de penser que la plus belle expression de leur amour pour nous aurait été de trouver en eux la force de nous préserver de leur désarroi.

Trois nouvelles (qui en fait sont quatre comme les mousquetaires)

Imaginons un personnage de fiction qui serait, comme la plupart des personnages de fiction, inspiré d'un individu ayant réellement existé. Si l'on devait en choisir une, la principale composante de ce personnage serait son addiction à l'alcool, qui déterminerait tout au long de sa vie l'ensemble de ses choix et de ses renoncements. Mon premier souci serait de le démarquer des alcooliques notables du roman classique. Il n'aurait pas la flamboyance du jeune Fouquet dans *Un singe en hiver* d'Antoine Blondin. Il ne porterait pas sur la conscience le poids d'une faute inexpiable, comme le Consul d'*Au-dessous du volcan* de Malcolm Lowry. Il n'aurait pas été victime d'un accident du travail comme Coupeau, atteint de delirium tremens, dans *L'Assommoir* de Zola. Ceux-là ont pour point commun de connaître pleinement la raison de leur éthylisme et, pour peu qu'on leur paie une tournée, seraient capables de la mettre en mots. Le mien aurait pour spécificité de ne jamais admettre sa maladie, de ne jamais se priver d'un seul verre qui à ses propres yeux serait celui de trop, de ne jamais regretter un mot ou un geste qui la veille aurait blessé sa femme ou l'un de ses enfants. Son ébriété ne le rendrait pas physiquement violent, quand bien même sa parole haineuse et désinhibée plongerait les siens dans l'état de sidération qu'on éprouve en situation de danger imminent. Je peux certes fournir la plupart des éléments biographiques nécessaires à la bonne compréhension du personnage, mais il m'est impossible, à ce stade du travail, d'en fournir la clé de voûte, à savoir la cause réelle et profonde de son addiction, que mon lecteur serait en droit d'exiger. L'embarquer dans ce récit-là sans que j'en connaisse les tenants et aboutissants serait une promesse narrative non tenue.

Or, à ce jour, nul n'a élucidé le mystère du vice originel de Cesare, qui a, à des degrés divers, pesé sur le devenir de chacun de nous. Dans l'espoir d'identifier les racines du mal – même Elena affirmait n'en avoir aucune idée –, je n'ai d'autre moyen que d'adopter le point de vue de mon personnage aux moments clés de sa vie, et tenter ainsi de descendre dans les abysses de sa psyché, en me fiant au pouvoir de révélation que je prête au romanesque.

Pour ce faire, il me faudrait écrire un recueil de trois nouvelles dont il serait le protagoniste, situées à trois époques bien distinctes, avec dans chacune d'elles des personnages secondaires différents. Tous les détails y seraient absolument vrais. Ne manquerait que le ressort intime de tout son être.

*

La première mettrait en scène un soldat lancé dans une épopée extravagante. Avant son départ, il s'est empressé d'épouser la femme qui bientôt portera son premier enfant. Loin d'être un va-t-en-guerre, il va vivre des mésaventures qu'aucun homme, et lui encore moins qu'un autre, n'est préparé à vivre. Certes il va se faire tirer dessus, il va voir mourir ses frères d'armes, il va crever de faim, mais il va aussi connaître des situations absurdes et cocasses qui vont lui en apprendre bien plus sur le sublime et le grotesque de l'âme humaine que s'il avait lu cent livres. Là où tant d'autres sombrent, de dégoût ou de découragement, lui tient bon parce que au pays son aimée l'attend, serrant entre ses bras ce fils qu'il n'a encore jamais vu.

Enfin démobilisé, il débarque dans le port de Naples, vêtu de guenilles qui contiennent une tique dans chaque maille. N'ayant pas de quoi se payer un billet de train pour son village, il sert de « baron » à un bonimenteur qui vend du faux parfum. Et le voilà de retour. Pas celui, triomphant, des vainqueurs. C'est un pouilleux, un crevard, mais qu'importe, il est là, cabossé mais vivant. En sortant de la gare, il croise des visages amis, on le salue, mais l'euphorie n'y est pas. Pourquoi tant de gravité? Le cœur battant, il aperçoit au loin sa demeure. Or, sur le seuil, se tient son vieux père, le chapeau à la main. Un prêtre est présent, ainsi qu'une poignée de cousines en pleurs. La typhoïde a emporté sa femme. Il refuse d'y croire. Ainsi, il aurait échappé à mille morts et c'est elle qui n'aurait pas survécu ? C'est l'absurdité de trop. Comment, à l'avenir, avoir du respect pour cette chienne de vie ? Dans un berceau, un bébé pleure.

*

La deuxième nouvelle nous projetterait un quart de siècle plus tôt, en 1922, dans une ferme située dans une province de l'Italie centrale. En pleine nuit, un enfant de quatre ans quitte sa couche, intrigué par des chuchotements sur le perron. Orazio, le patriarche, vérifie le paquetage de Luigi, son aîné, sur le point de quitter le village comme un clandestin. On l'appelle sous les drapeaux mais lui ne songe qu'à partir *in America* pour y chercher fortune.

Sans doute a-t-il trop rêvé aux récits de son père qui, par deux fois, en 1901 à bord du *Belgravia*, et en 1904 à bord du *Neckar*, s'est embarqué pour le Nouveau Monde. Il faut l'entendre décrire Lady Liberty, aperçue au loin après une interminable traversée, ou même Ellis Island, où se pressent des milliers d'émigrants priant pour qu'on leur accorde l'autorisation d'entrée sur le territoire. Et puis, New York. Son gigantisme par-delà l'imaginable. Luigi a en poche le prix du billet aller, une somme démesurée, mise de côté sou après sou par son père. Son barda sur l'épaule, il disparaît dans la nuit sous le regard fasciné du petit dernier, Cesare, caché sous son lit. Le lendemain matin, les gendarmes toquent à la porte mais le déserteur est déjà loin.

Aucune nouvelle de Luigi une année entière. Disparu en mer? Sous les verrous? Mort par balle? Un matin, arrive un mandat : le remboursement du billet au centime près. La légende du fils prodigue ne fait que commencer. Le petit dernier n'en rate aucune étape : Luigi a fondé son entreprise, Luigi s'est marié avec une Calabraise, Luigi est un magnat des travaux publics, Luigi vit dans un palace dans le New Jersey. Du reste il encourage ses frères et sœurs à venir le rejoindre; Domenico, Restituta et Vincenza s'y font vite une place au soleil. Le petit dernier doit rester pour s'occuper de l'élevage de dindons et des récoltes de maïs. À son tour, il est appelé sous les drapeaux, puis à la guerre. Les troupes, vite en déroute, se dispersent dans des campements de fortune. Dans le froid, il fait cuire sur un feu de camp le peu qu'il a glané, mendié, chapardé pendant que ses frères et sœurs sont réunis autour d'un festin, là-bas, en Terre promise.

Mais bien des années plus tard, alors qu'il vit en France, il reçoit un billet pour New York.

Lui, en Amérique...

C'est sans doute l'évènement qu'il attendait depuis cette fameuse nuit où il a vu son frère partir pour la grande traversée, cinquante ans plus tôt.

À l'aéroport une voiture de maître avec chauffeur l'attend. À Newark, New Jersey, la réalité est à la mesure de la légende de Luigi. Cesare voit son nom sur des panneaux publicitaires, des bâtiments en construction, des camions, des hangars.

BENAQUISTA EXCAVATION WORKS COMPANY.

Un nom qui, de retour à l'usine, se devine à peine sur le coin supérieur gauche de sa fiche de pointage. *Porca miseria*.

*

Le troisième volet de ce recueil commencerait par une valise bouclée par une ficelle, posée sur un sol en linoléum. Dans une chambre, une femme assise au bord du lit inspecte les murs de sa nouvelle prison : du papier peint, une armoire, une table de chevet où est posé un cendrier, des rideaux au motif d'ancre marine. Une fenêtre donne sur une courette recouverte de neige. Dehors, il fait – 5. Au loin, on entend les trains qui filent vers Paris-Austerlitz.

La marmaille s'agite, se cogne dans les murs : c'est quoi cette baraque, c'est quoi ce quartier, c'est quoi ce pays? Iolanda, trois ans, tire sur la manche de sa mère : quand est-ce qu'on rentre à la maison? Elena, perdue dans ses pensées, y est déjà. Son oliveraie brille au soleil, bruisse au chant des grillons.

De passage dans la chambre, son mari la tire de sa rêverie. Il guette son approbation : *C'est ici qu'on va vivre, c'est propre, c'est meublé, il y a tout, c'est bien, hein?* Elle le foudroie du regard : *Tu l'auras voulu.* Ses enfants eux-mêmes le dévisagent. Désormais, dans ce pays, ce quartier, ce logis, cette famille, il est seul.

*

La vérité, qui emprunte des chemins connus d'elle seule, se situe sans doute à la croisée de ces trois textes, que je n'écrirai pas, préférant en imaginer un autre, qui me vaudrait à la fois la circonspection du lecteur et celle du peu de famille qui me reste. Si, comme on le sait, l'alcool nuit gravement à la santé et réduit sévèrement l'espérance de vie, l'hypothèse inverse se donnerait la peine d'être étudiée dans cette quatrième nouvelle.

*

Un homme s'éteint dans une chambre d'hôpital après soixante-dix-huit ans d'une vie chaotique. À l'orée du dernier sommeil, il devine la présence de ses cinq enfants autour du lit. Une toute dernière occasion lui est donnée de réparer en quelques mots une éternité de rancœur. Pour la première fois, il va leur faire entendre sa vraie voix. Il va soigner son langage, parler un français correct. Sa contrition sera son seul legs.

Je ne crains pas Dieu malgré les litanies d'insultes que j'ai proférées à son encontre. Je crois avoir eu ma part de purgatoire ici-bas. Je crains un autre jugement dernier, votre regard sur moi, car je sais vos questions, je les lisais dans vos yeux. Pourquoi cette constance dans la soûlographie? D'où est parti ce feu que j'ai cherché à éteindre au fond de mes tripes sous des rasades d'alcool qui n'ont fait que le raviver? Pourquoi ai-je fait de votre mère le bouc émissaire de mes petits drames? Pensez-vous que je détienne la réponse? A-t-on jamais besoin d'un évènement déclencheur? Dès l'enfance, je me suis senti pris dans un enchaînement sans pouvoir en inverser le cours. J'ai obéi aux ordres d'un père dominateur, d'un colonel tyrannique, d'un patron répressif. Il m'est même arrivé de capituler devant un pauvre type aussi méchant que son chien. Y compris face à vous, j'ai manqué de courage. Mon obstination à ne jamais avouer ma maladie m'a rendu haineux et injuste. J'ai eu honte de me savoir si faible, mais la honte ne se boit-elle pas? Moi, l'irascible, l'inculte, avais-je un autre recours pour me consoler de ma lâcheté, pour calmer mes démons, pour gagner cet oubli-là?

Si vous saviez tous ceux que, sous mes yeux, la mort a fauchés avant leur heure : soldats au front, malades incurables, suicidés, mais aussi des femmes et des hommes dans la force de l'âge, dépourvus du moindre vice, victimes d'un arrêt du cœur inexplicable. À l'inverse, j'ai vu des types se gaver, se servir partout où ils passaient, prospérer sur les décombres de la guerre, tromper leurs femmes, ignorer leurs bâtards, exploiter et humilier leurs ouvriers, se réjouir du malheur d'autrui, et durer, les crevures, sans le moindre état d'âme, sans se ronger de l'intérieur. Ils se pavanaient dans leurs petits bolides et moi je traversais dans les clous. Face à leur arrogance j'ai ravalé la mienne. Qui sait si le vin ne m'y a pas aidé ?

Comment aurais-je pu vous donner confiance en la vie, cette farce, que j'ai tant maudite ? J'ai essayé, Dieu sait si j'ai essayé, mais je n'ai pas su. Vous avez dû faire sans moi. Sans ma sagesse, sans ma tendresse, sans ma protection. Pardonnez-moi.

Une main lui saisit le pouls. Un visage inconnu se penche. L'infirmière est venue lui manifester sa présence, sa chaleur.

La Mort attend au seuil de la chambre. Elle est bien la seule.

Même Oscar Wilde n'est pas à l'abri d'une ineptie

L'avenir piaffe à la porte : c'est maintenant.

À trente ans, je vis au détail près la vie dont je rêvais à quinze.

J'ai rencontré celle que plus tard je décrirai ainsi : *Elle a ce genre de beauté qui laisse indifférents quatre-vingt-dix-huit hommes sur cent mais qui fascine les deux qui restent. Par chance, l'autre ne s'est jamais manifesté.* La stupeur de nous être trouvés ne nous quitte pas.

Sans plus avoir à surveiller des toiles abstraites, à accompagner des Paris-Venise ou à servir des pizzas, je gagne désormais ma vie en faisant ce que j'aime le plus au monde. Il n'est pas de chance plus insolente.

J'ai bouclé un cycle de quatre romans, les volets de la vie d'Antoine, jeune homme peu aimable poursuivi par le sort partout où il passe. Il n'a plus rien à vivre qui vaille la peine d'être raconté dans une collection noire au liseré jaune. En revanche me prend l'envie folle de raconter l'histoire des histoires, rien de moins. Quatre scénaristes ayant une revanche à prendre unissent leur imagination afin d'écrire un feuilleton sans fin, une machine de guerre assez puissante pour lutter contre le cynisme généralisé.

À l'occasion de la sortie de mes romans, je voyage, rencontre et découvre, et c'est sans doute ma façon à moi de conquérir symboliquement l'Amérique de mes aînés. À l'euphorie de connaître si jeune l'accomplissement de mes désirs s'ajoute la fierté de ne rien devoir à quiconque.

Je suis bien certain d'avoir laissé derrière moi les souvenirs encombrants de l'enfance. Bientôt ils tomberont en ruine dans un recoin poussiéreux de ma mémoire.

Si on m'avait cité alors la phrase d'Oscar Wilde : *Il y a deux tragédies dans la vie, l'une est de ne pas vivre ses rêves, l'autre est de les vivre*, j'aurais rétorqué que nul n'est à l'abri d'une ineptie.

*

Or, un jour, je prends un train.

Ma compagne et moi, nous nous apprêtons à découvrir le fameux retable, peint par un maître flamand, de l'Hôtel-Dieu de Beaune. À destination, pendant que le flot des voyageurs gagne l'enceinte de la gare, je reste à quai, figé, vidé de mes forces. Mes jambes ne m'obéissent plus. Quand Isabelle s'en inquiète, je ne peux rendre audible l'appel au secours que je voudrais hurler. Je viens d'entrer dans une autre dimension, de silence et d'angoisse. Je cherche des yeux un endroit où m'effondrer.

De retour à Paris, j'essaie de trouver un sens – stress dû à la période, surmenage – à cet épisode aberrant qui entre-temps s'est mué en une anxiété lancinante entrecoupée de tachycardie. Au réveil, j'attends de sortir d'un mauvais rêve mais l'inverse se produit : le retour à la conscience est un cauchemar. Les examens ne décèlent rien, le mal est d'origine nerveuse. *Je vous prescris des anxiolytiques, prenez le premier dès que vous ouvrez l'œil. Vous voulez l'adresse d'un psy ?*

Sans doute ai-je éprouvé plus jeune ce type de symptômes de façon sourde et distante. Sans doute n'ai-je pas voulu en voir les signes avant-coureurs.

Commence ici un débat – qui n'a jamais cessé depuis –, avec un autre moi-même, direct et coupant, dont j'entends distinctement les arguments. *Mais si rappelle-toi, à l'école.* Cette sensation d'être un simple observateur dans la cour de récréation, cette prière pour qu'on m'oublie au fond de la classe. *Et tes retours hâtifs de voyage ? Ton envie de déguerpir à peine arrivé ?* À Bangkok, un gardien d'hôtel me voyant chaque matin un peu plus mal à l'aise m'avait demandé : *Homesick, mister ?*

Un homme assis dans un fauteuil, l'œil luisant de neutralité bienveillante, esquive d'un hochement de tête ou d'un sourire la totalité de mes questions. Je cherche un mot pour définir mon mal. Nommer, c'est déjà avoir prise, me dis-je.

Lui est bien moins persuadé que moi par l'idée qu'une désignation aidera en quoi que ce soit. J'ai envie de lui dire qu'il s'agit là d'une sale manie des gens qui écrivent : mettre des mots sur les choses. *Névrose d'angoisse* m'irait bien, quoiqu'un peu vague. Comme tout individu en souffrance, je donnerais tout, et tout de suite, pour retrouver ma vie d'hier. Découvrir le coupable dès la première page du roman policier. À l'évidence, l'homme dans le fauteuil et moi n'avons pas les mêmes urgences. Dans son regard, je lis : « Vous cherchez au mauvais endroit mais continuez, j'ai tout mon temps. » Je crains sans doute d'ouvrir une boîte de Pandore. À moins que je ne redoute, en dévoilant mes rouages internes, en tentant de les verbaliser, de concurrencer la nature même de mon écriture. Quelle qu'en soit la raison, la confiance ne s'établit pas. Je vais devoir me débrouiller seul.

*

Au-dehors, les distances se réduisent. Un soir où je me rends, à pied, chez ma sœur, à deux arrondissements de chez moi, je suis pris de sueurs froides et mes mâchoires se crispent à ne plus pouvoir les desserrer. Bientôt, j'ai comme un tison au fond des tripes. Mes pas ne me porteront pas jusque-là. Je rebrousse chemin.

Le lendemain, afin d'en avoir le cœur net, je me fixe comme objectif concevable d'aller acheter le journal. Mais, une fois passé la porte cochère de mon immeuble, je me sens en danger, à découvert. De peur de sombrer dans la folie, je décide cette fois de surmonter l'épreuve. Autour de moi le décor est flou, les immeubles, la rue et son trafic se sont estompés, ne reste que le kiosque, au loin, inaccessible. Le quotidien en main, le trajet du retour n'est pas moins pénible mais, curieusement, l'appréhension n'est plus du même ordre, je crains maintenant de voir surgir un obstacle qui m'empêcherait de rentrer chez moi – impossible de m'en représenter un seul de façon rationnelle et pourtant la menace me semble bien réelle. Me viennent à l'esprit des visions classiques de cauchemar, le sol se dérobe et mes jambes s'enfoncent dans le bitume comme dans des sables mouvants.

Dès lors, l'évitement me gagne. Je donne mes rares rendez-vous dans le bar-tabac d'en face. Si je dois sortir de mon quartier, j'étudie l'itinéraire le plus direct. L'aller est un chemin de croix, le retour un parcours du combattant. À l'évidence, si je ne lutte pas, je ne vais plus franchir le seuil de mon appartement. Mon statut va passer d'anxieux sévère à malade mental, un constat qui à court terme n'ira pas sans un effondrement de l'estime de soi, soit une dépression sans doute irréversible. Une vie de reclus volontaire me guette. Mon bureau sera ma cellule. Une question se pose : l'avenir est-il foutu ?

Agoraphobie : Peur des espaces découverts et des lieux publics. Peur des lieux d'où il serait difficile ou gênant de s'échapper ou d'être secouru.

Agoraphobie est un terme avouable en société. De surcroît, il me fournit une grille de lecture plausible des affres que je subis. Je pourrais vivre avec cette pathologie-là car, si elle réduit considérablement mon commerce avec l'extérieur, elle ne met pas en péril mon travail. Je peux cohabiter avec elle, tenter de l'apprivoiser à la longue, et qui sait, un jour, la piéger à son tour dans une boîte.

Il me faut définir une sorte d'agrément avec elle afin de délimiter mon espace de libre circulation. Sacrifier une part de liberté pour en préserver une autre, vitale. Une première étape consiste à repérer les situations véritablement anxiogènes afin de réduire la pathologie à mes seuls symptômes. À l'évidence, je ne crains ni les espaces découverts ni la foule, en revanche j'évite les lieux clos, impossibles à fuir en cas de blocage. Mais l'obsession majeure réside dans l'incapacité de rentrer chez moi. Une angoisse de l'impossible retour. Partir en voyage ne me semble pas insurmontable, mais ne pas pouvoir en revenir me terrifie. Quel que soit le moyen de transport j'anticipe de possibles complications, douanières et frontalières, aléas routiers, incidents sur la voie, grèves du personnel navigant, annulations, retards et reports, ma folle imagination se chargeant d'en créer de nouvelles. À l'issue de longs mois d'expérimentations et de négociations, un pacte est conclu avec mon mal. J'oublie les déplacements, professionnels ou non, en province ou à l'étranger. Désormais, les seules destinations atteignables sont celles d'où je peux revenir à pied. Si je ne quitte pas Paris et sa petite couronne, je peux retrouver une vie et une activité ayant les apparences de la normalité.

Dorénavant, je ne me hasarde plus dans des lieux inconnus sans au préalable en avoir identifié l'issue de secours. Prendre les transports en commun me demande d'infinies précautions. Le bus est envisageable à condition de me tenir non loin du chauffeur, mais le métro est exclu – rester bloqué vingt minutes entre les stations Gare d'Austerlitz et Saint-Marcel, pourtant à ciel ouvert, n'est plus dans mes moyens. Au cinéma, il me faut garder un œil sur l'écran, l'autre sur le voyant lumineux de la sortie. Je renonce au théâtre car je ne peux imaginer déranger toute une rangée de spectateurs dès le lever de rideau, voire de démoraliser un acteur avant même sa première réplique. Je me résigne à ne plus fréquenter les salles de sport, notamment les piscines : le déroulé des étapes vestiaires-cabine-cadenas-douches pouvant entraîner des complications inextricables, l'intégralité de la séance se déroule dans la hantise de devoir rentrer chez moi en maillot de bain. Mais le scénario le plus effrayant est celui, classique, de la panne d'ascenseur. Les standardistes, concierges, réceptionnistes, gardiens et portiers m'ayant un jour croisé dans leur carrière ne m'oublieront plus. J'ai lu dans leurs yeux la perplexité, parfois la stupéfaction de qui est confronté à un dément.

« J'ai rendez-vous avec Mme Untel.

— Oui monsieur, c'est au huitième, l'ascenseur est ici.

— Je préférerais l'escalier.

— ...?

— Est-il possible de monter par l'escalier?

— Mais... c'est au huitième.

— Je préfère.

— Mais... pourquoi? Puisqu'il y a un ascenseur? »

L'individu ici attend de moi une réponse que je ne suis pas disposé à lui fournir : « Être bloqué entre deux étages provoquerait chez moi un tel état d'épouvante qu'il précipiterait ma fin tragique, soit par arrêt cardiaque, soit par un suicide dont je vous épargne le descriptif. » Une fois sur deux ma requête, impensable, crée un problème inédit. Contre toute attente il faut parfois un code, une clé, un badge pour ouvrir la porte d'accès à l'escalier mais nul ne sait dans quel tiroir on l'a laissé. Je peux aussi voir mon ascension stoppée net par des cartons d'archives ou des meubles entreposés là par les employés du quatrième étage qui manquaient de place. Enfin parvenu dans le bureau de Mme Untel, je me retiens de lui dire, afin de ne pas créer à nouveau la circonspection : « Savez-vous qu'en cas d'incendie on va retrouver votre corps calciné près d'un distributeur de chips? »

La liste des renoncements et des concessions s'accroît au fil du temps. Le seul véritable sacrifice est de ne plus voyager pour défendre mes livres, pour rencontrer mes éditeurs étrangers, les libraires, les lecteurs. Apparaître ou prendre la parole en public, difficile depuis toujours, m'est devenu insurmontable.

*

Quand mon mal me laisse en paix au point de se faire oublier, j'essaie de lui donner, une fois débarrassé des terminologies cliniques, une symbolique profonde. Une piste parmi d'autres pour décrire ses raisons de me hanter : j'ai déjoué, et trop tôt, une fatalité. À l'inverse d'un personnage de Roger Vailland, j'ai échappé à ma condition de naissance. Je n'ai connu ni l'échec, ni la pénibilité du labeur, ni l'obéissance aux ordres. J'ai trahi ma classe, j'ai ri aux préceptes religieux de ma paroisse, j'ai échappé à un destin tout tracé. Du travail, à l'origine un instrument de torture, j'ai fait une source de joie.

Parfois, je me risque à des interprétations romantiques ou littéraires ; mon mal veille à ce que rien ne me détourne d'une épopée grandiose à accomplir dans mon bureau, le stylo à la main.

Du reste, j'entends parler de deux auteurs connus pour leur agoraphobie. Leur œuvre inspire le respect et leur claustration volontaire a créé une sorte de légende urbaine chez les écrivains de fiction. Jean-Patrick Manchette, publié en Série Noire, vit retranché dans son appartement du douzième arrondissement de Paris. L'autre, Gérard Brach, scénariste de *La Guerre du feu* de Jean-Jacques Annaud, et de *Tess* de

Roman Polanski, habite dans le sixième. On raconte que ses metteurs en scène viennent le visiter au bord de son lit, devenu son unique lieu de travail. Un jour, je reçois un coup de fil :

— Bonjour, c'est Gérard Brach.

— ... ?

— On m'a dit que vous ne sortiez pas de votre appartement, alors j'appelais pour vérifier...

Je n'ose lui demander comment il a entendu parler de moi ou de mes angoisses, ni comment il a obtenu mon numéro. Il insiste pour savoir si lui et moi sommes membres du même club. Au fil de la conversation il me décrit son grand bonheur de relire aujourd'hui la trilogie des *Mousquetaires* de Dumas, « le patron ». L'enchantement est le même qu'à son adolescence. À l'époque je vis à cinq cents mètres de chez lui. Quand je passe sous ses fenêtres, je l'imagine dans un lit jonché de scénarios, de blocs-notes et de livres, dont *Vingt ans après* et *Le Vicomte de Bragelonne*.

Malgré mes efforts pour faire passer mes fixations pour d'aimables bizarreries, je ne peux échapper au regard inquiet de mon entourage. On s'interrompt quand j'entre dans une pièce. On s'efforce de faire comme si de rien n'était. La spontanéité et la complicité ont disparu. Je suis officiellement malade.

Je peux compter sur le soutien sans faille d'Isabelle mais je m'en veux de faire d'elle le témoin de mes pires états, crises d'angoisse, apathie, logorrhées morbides, anticipations délirantes des dangers du dehors. Je l'encourage à accepter toute occasion de se reposer l'esprit hors de ma présence.

Je rate des rendez-vous importants avec mes proches. Bertrand me demande d'être le témoin de son mariage qui sera célébré à Barcelone. Je m'en veux de le décevoir à ce point. *Sans toi, la fête ne sera pas la même.* D'autres ont à mon égard des gestes d'une bienveillance inouïe. Daniel me propose d'aller prendre l'air loin de Paris, de m'extraire de sa grisaille hivernale, de quitter mes tourments le temps d'une échappée. Sa voiture m'attend en bas. *Si tu ne te sens pas bien je fais demi-tour.* Il n'en faut pas plus pour me sentir en confiance. Le lendemain, nous pique-niquons sur une montagne enneigée du Vercors. Le ciel est pur et bleu. J'oublie les ressassements et les épuisements. Un second pas est franchi quand Jean-Philippe, qui sait à quel point la natation me manque, me propose de m'accompagner. Avec une parfaite constance, il me fixe rendez-vous chaque mardi à onze heures devant la piscine. Bientôt je peux y retourner seul. Je retrouve une part d'autonomie perdue.

Un soir, Lina me donne rendez-vous dans un restaurant. Or, sur place, elle m'annonce que nous ne dînerons pas. Elle m'entraîne vers une tour à proximité, nous franchissons un dédale de couloirs et de studios d'enregistrement. Quand j'insiste pour connaître la raison de notre présence ici, elle me pousse sur le siège d'une maquilleuse. Avec une complice journaliste, elles ont orchestré un traquenard : dans moins d'une minute je présenterai en direct mon dernier bouquin aux informations d'une chaîne nationale. Trop tard pour fuir.

Il m'aura fallu attendre cette noire période de ma vie pour savoir de quoi l'amitié réelle est capable.

*

En revanche, la médication ne m'est d'aucun secours. Dès le déclenchement du mal, je tente de m'en remettre aux anxiolytiques qu'on m'a prescrits. Ils rendent certes les menaces moins aiguës, mais ils me plongent dans une léthargie qui rend mes pensées atones. La concentration n'est plus la même. Le fil de la conscience se détisse. L'imagination, elle aussi, est en détention. Me voilà l'esprit vide et blanc telle la page qui devant moi attend. La douce fébrilité nécessaire au travail de fiction m'a quitté. Le monologue intérieur est rompu. Le romanesque se réduit à son seul mot.

Craignant que le remède ne me laisse dans un état pire que le mal, je décide, peut-être à tort, de m'en passer, et de combattre les pics d'anxiété avec des outils mentaux que j'affûte au fil des années.

Et quand même ceux-là deviennent inefficaces, quand la perpétuelle vigilance m'épuise, quand je suis révolté de laisser filer l'existence, j'ai recours au seul tue-l'angoisse disponible sans ordonnance. Son flacon est translucide ou ambré. En une seule gorgée, il assomme le sale petit coyote qui me mord les entrailles.

J'imagine que ce geste-là m'était autorisé depuis l'enfance.

Dans un roman intitulé *Quelqu'un d'autre*, je décris un angoissé de naissance découvrant tardivement les vertus maléfiques de la vodka. Comme lui je m'offre une flasque, un gadget de film de gangster dont la seule présence, dans une poche intérieure, me rassure. Je n'y porte la main que pour anticiper les situations que je sais difficiles à surmonter. Je ne crains plus de prendre des vols ou de rater des trains. Je renoue avec mes contemporains. Je m'exprime en public. Je repars à la conquête de mon territoire.

On pense à tort que le buveur cherche l'ivresse. Il veut simplement retrouver un état normal, le point zéro de sa conscience, celui où, une fois l'inquiétude dissoute, il dispose enfin de sa propre vie. Il éprouve alors un tel soulagement qu'il veut s'y maintenir à tout prix. Et il boit ce verre de trop qui va le griser à l'excès, le pousser à fraterniser jusqu'à la gêne, ou, à l'opposé, le rendre agressif ou ressassant, et dans tous les cas pathétique aux yeux de l'abstinent.

Pendant vingt ans, j'ai soigné la pathologie de ma mère par l'addiction de mon père. Une façon, comme il en est peu, de les réunir. Et de ne plus les oublier.

Nos ivresses

Même dans nos ivresses nous ne nous serions pas rencontrés.

Certes j'ai bu, comme lui, par on ne sait quel atavisme maudit. Hérédité, fatalité, tel père tel fils, quoi d'autre ? Certes, il m'en a donné la permission implicite à tant le voir écluser, à tant faire de lui le centre de notre attention. Mais là où il a bu pour expier, pour libérer une colère contenue tout le jour durant, j'ai bu pour renouer avec l'instant présent, pour jouir de mes accomplissements, pour célébrer la chance d'être ici-bas, pour redonner mon attention à ceux qui me sont chers et que j'oublie parfois quand l'anxiété me prive de tout sentiment d'altérité.

Cesare et moi n'aurions jamais pu boire ce verre ensemble, notre seule chance de partage.

Bien des années après sa mort, je suis invité à la remise des césars du cinéma, où je suis nominé dans la catégorie scénario. Sur scène, la statuette en main, devant un parterre de stars, devant le ministre de la Culture, devant des millions de téléspectateurs, devant la France entière, je n'ai pas la moindre idée de ce que je vais dire. Les mots m'échappent.

J'ai entendu prononcer son nom toute la soirée. J'ai une pensée pour mon père. Il s'appelait César.

En terre d'utopie

L'âge aidant, j'aspire à rentrer chez moi.

Or nul ne sait où cet endroit se trouve.

Je n'ai pas, planté au fond du cœur, un *là-bas*.

Pas plus que mes parents je n'ai trouvé ce point d'ancrage.

Le jour venu, mon instinct me dira : *tu es arrivé.*

À moi de faire le reste. Décrocher une pancarte *À vendre*. Me faire adopter par les natifs. Puis attendre un délai naturel, impossible à hâter.

Sans doute le temps pour un arbre planté au jour 1 de donner ses premiers fruits.

De par la diversité de ses paysages et de ses cultures régionales, il m'est impossible d'imaginer que ce lieu n'existe pas en France.

Mon attachement à elle me rend cocardier.

J'aime la décrire, la raconter, la malmener, la distinguer.

Quel autre pays aurait donné à un enfant né de parents illettrés le goût d'écrire ?

Ou lui donner à entendre son nom, venu d'ailleurs, prononcé sous les ors de la République ?

D'ici là, je séjourne à l'année dans un lieu paisible et retranché.

En terre d'utopie.

Dans son sens premier, le terme désigne le « nulle part », le « sans lieu ».

Par extension, il est devenu « Le lieu du bien ».

On ne peut m'en chasser : j'en ai dessiné les frontières, j'en ai édicté les lois.

Dans ce pays-là, on a le droit de marcher à l'envers. Les enfants mordent les chiens méchants et fouettent avec des orties les mollets des voisins perfides. Les dactylos renvoient leurs patrons. Ici, tout ce qui se conçoit bien s'énonce clairement, même l'inconcevable. Jeanne de Lamare ne craint plus les vils petits hobereaux. Les professeurs de mathématiques sont à la peine, deux et deux font cinq. Seuls les profs de français ont des identités remarquables. Cyrano de Bergerac devient Président. Les dépressifs ont des vies intérieures palpitantes. J'ai lu tout Zola. Les pions devenus fous désarçonnent les cavaliers pour monter à l'assaut des tours.

C'est la Grande Russie, c'est l'Amérique, c'est la Lune.

C'est le lieu où attendre la fin du monde.

On va pas réécrire l'histoire...

Et pourquoi pas?

Pourquoi se contenter de la réalité, comme si elle était unique, martiale et inévitable? Pour qui la réalité se prend-elle? Pourquoi ne pas céder, comme dans les romans de science-fiction, à la tentation de l'uchronie, un récit composé d'évènements fictifs à partir d'une vérité historique ou d'un fait réel? Se livrer au plaisir de l'extrapolation, c'est se consoler du talent que la vie n'a pas eu.

LE DESTIN AMÉRICAIN

Nous sommes de retour en 1953. Cesare vient de rentrer des mines de Moselle en se jurant qu'une autre vie l'attendait quelque part. Au lieu de retenter sa chance en France, il accepte la proposition de son frère Luigi de rejoindre son entreprise de travaux publics aux États-Unis. Elena, Giovanni et ses trois sœurs ont beau protester, les voilà installés dans un petit pavillon dans le quartier résidentiel de Newark, New Jersey. Comme ses aînés, mon père doit faire élision du C de notre nom pour en faciliter ici l'épellation.

Dans un premier temps, ma mère souffre de son syndrome du déracinement, mais elle retrouve sa cousine Loretta, qui se charge de la consoler d'un vague à l'âme dont elle-même s'est remise. Elle l'introduit dans son cercle d'amies, toutes originaires de là-bas, toutes autonomes et actives.

Cesare, après trois ans de bons et loyaux services dans la *Benaquista Construction and Excavation*, veut s'installer à son compte en créant une société d'outillage spécialisé pour engins de chantiers, bulldozers, niveleuses. Il aurait besoin d'un assistant pour toute la partie gestion mais il n'a pas encore de quoi payer un salaire. Contre toute attente, Elena dit : « Pourquoi pas moi ? » Contre toute attente, il accepte.

Ils s'endettent pour monter leur affaire mais Cesare, supportant mal cette pression, a recours à son bon vieux poison. Sa femme, sentant venir la chute, fait preuve d'une force de caractère insoupçonnée en lui posant un ultimatum : s'il n'entre pas en cure de désintoxication, elle retourne au pays. Il en ressort sobre et s'engage à suivre, sans doute à vie, les réunions des Alcooliques Anonymes. Ils inaugurent leur affaire en juin 1959. Elle se sent sereine. Lui ne ressasse plus sa rancœur. Ils se permettent en public des gestes d'affection. Le doute n'est plus permis : ils s'aiment.

Le turbulent Giovanni fréquente à l'adolescence quelques copains siciliens et napolitains qui passent le plus clair de leur temps dans un bar à pizzas à la réputation contestable. À vingt ans, on le voit parader en ville dans des costumes de bonne coupe, et l'été en polos jersey. Quand son père lui demande comment il gagne sa vie, Gio – c'est son surnom dans le quartier – répond très évasivement qu'il fait *du business*. Parfois, il disparaît dix jours d'affilée et rentre avec des cadeaux plein les bras, que notre mère nous interdit d'accepter. Il lui arrive de disparaître plus longtemps, six mois ou un an, et de réapparaître amaigri, le cheveu coupé ras. Nous ne lui demandons plus d'où il vient. Il aime sa vie et n'en changerait pour rien au monde.

Vingt ans après son oncle Luigi, Clara va nous prouver que le rêve américain n'est pas tout à fait mort. Une fois son diplôme d'esthéticienne en poche, son rêve de toujours, elle ouvre un premier salon dans un quartier populaire de Newark où défile tout ce que la communauté italienne compte d'épouses, tantes, nièces et cousines. Le succès aidant, elle ouvre une seconde adresse du *Clara B, beauty salon*, dans le Maine. Aujourd'hui, c'est une femme d'affaires à la tête de dix-huit succursales, dont une à Pacific Palisades, Los Angeles. Pour l'anecdote, elle connaît quelques déboires à l'ouverture de son salon de Philadelphie en 1982 après la visite de racketteurs locaux. L'intervention de Giovanni, accompagné d'une demi-douzaine de ses amis en polos jersey, munis de battes de base-ball, règle le problème en vingt-quatre heures.

Anna a du mal à canaliser son hyperactivité d'origine anxieuse. Pour en apprendre plus sur elle-même, elle se lance dans des études de psychologie, qu'elle peut se payer en étant serveuse le jour, puis enchaîner le soir avec des baby-sittings, tout en révisant ses cours – ce qui calme durablement son trop-plein d'énergie. En 1979, elle partage avec son mari un cabinet d'analyse à Seattle, Washington.

Yolande se consacre à sa seule vraie passion, le *dolce farniente*. Pas de mari, d'enfant, de carrière ou même de violon d'Ingres. Après ses huit heures dans une compagnie d'informatique, elle retrouve ses amis, ou sa télévision, ou même directement son lit, sans aucune mauvaise conscience. Jamais elle n'éprouve le besoin de chercher ce que cache son manque total d'ambition auprès de sa sœur Anna, qui ne la pousse vers aucune thérapie.

Tout le monde m'appelle Tony. J'ai quinze ans en 1976, l'année du bicentenaire de la déclaration d'Indépendance. Mais, plutôt que d'aller voir la parade officielle qui se tient dans les beaux quartiers de New York, je file à Greenwich Village, au *Café Wha?*, où la légende dit que Bob Dylan a donné ses premiers concerts en déboulant dans la grande pomme, l'année de ma naissance. Je lis *On the Road* de Kerouac et dès lors j'ai besoin de connaître cette librairie de San Francisco, la City Lights Bookstore, point de ralliement de tout le mouvement beatnik, créée par le poète Lawrence

Ferlinghetti. Lecteur passionné, j'explore à la fois la littérature classique américaine et celle issue de la contre-culture hippie. Je postule à un job d'été chez Rizzoli, la célèbre librairie sur Broadway, qui m'embauche définitivement en 1983. On me laisse y défendre *mes* auteurs, Richard Brautigan, Raymond Carver, Charles Bukowski, Kurt Vonnegut, Jim Harrison. En 1994, Ray Bradbury en personne accepte ma proposition de venir dédicacer chez nous.

À ce jour, notre famille n'a pas raté un seul repas de Thanksgiving.

LE DESTIN ITALIEN

En 1953, de retour en Italie après un épisode dans les mines de Moselle, Cesare reprend le travail de la ferme, bientôt aidé par son fils Giovanni. Bon an mal an, ils en tirent de quoi faire vivre la famille. Mais ma mère supporte de plus en plus mal d'avoir épousé un patriarche autoritaire, de surcroît quand il a bu. D'autant qu'elle vit à un jet de pierre de son village natal, Arpino, fief des Polsinelli, où ses parents, qui l'avaient mise en garde contre ce ruffian de Benacquista, lui offrent refuge dès qu'elle en ressent le besoin. Bientôt ils lui confient l'oliveraie, qui lui donne son indépendance. Elena et Cesare se séparent. Leur animosité qui au départ fait jaser devient avec les années presque légendaire : les Benacquista et les Polsinelli sont les Capulet et Montaigu locaux.

Ils consentent à s'asseoir à la même table une fois l'an, le dimanche de Pâques, chez Clara, mère de quatre enfants, qui en créant sa propre famille a donné une base commune à notre clan. Elena et Cesare obtiennent officiellement le divorce en 1970. Ni l'un ni l'autre ne cherche à se remarier.

Anna, après une scolarité brillante, fait ses études supérieures de littérature à la Sapienza de Rome, alors agitée par les évènements de 68. Elle consacre sa thèse de doctorat à la journaliste et écrivain Matilde Serao, militante féministe. En 2000, elle se présente aux élections législatives et devient députée du Lazio pendant quatre mandats. À plus de soixante-dix ans elle milite toujours pour la cause des femmes.

Yolande se consacre à sa seule vraie passion, le *dolce farniente*. Pas de mari, d'enfant, de carrière ou même de violon d'Ingres. Après ses huit heures dans une compagnie d'assurances, elle retrouve ses amis, ou sa télévision, ou même son lit, sans aucune mauvaise conscience.

Heureux fils de divorcés, je passe de l'exploitation agricole de mon père à l'oliveraie de ma mère, en Vespa, dès mes treize ans, avec mon Jack Russell sur le siège arrière. Il semblerait que j'aie un don avec les chiens, y compris les féroces gardiens des basses-cours, qui au lieu de me charger jappent et se couchent à mes pieds. À dix-sept ans j'en possède huit, recueillis ici où là, qui me font la fête quand j'apparais le matin. Quand naît une portée, je sillonne la contrée pour faire adopter mes chiots, n'ayant pas le courage de les noyer.

Je passe de temps à autre pour vérifier qu'ils sont bien traités. À vingt-quatre ans, je décide d'en faire mon métier et ouvre un chenil, où l'on trouve aussi bien des mâtins de Naples que des yorkshires. Nul besoin de système d'alarme sophistiqué : mes deux dobermans, Ralph et Twink, veillent sur le domaine. Avec les années, je me spécialise dans une seule race, le bouvier australien, pour lequel j'ai une affection particulière, et qui connaît ici un vif succès comme chien de garde ou de troupeaux. La mienne s'appelle Malavita.

L'anchois et l'hôtesse de l'air

Il me suffirait d'un moment. Un seul, mais issu de la pure réalité. Un souvenir, un geste, une anecdote bel et bien vécue par eux pour me convaincre que Cesare et Elena étaient aussi capables du meilleur. Ce seul moment, raconté à un inconnu, lui ferait dire : « J'aurais aimé les connaître. »

Cesare a quinze ans. Cet été-là, l'Italie connaît une canicule d'exception. Pourtant habitués aux fortes chaleurs, les paysans souffrent. Quarante jours de soleil accablant, quarante nuits sans un souffle d'air. Les terres sont brûlées, les bêtes ont soif. L'insolation guette, l'ombre ne rafraîchit plus, nul ne sait comment se préserver d'une pareille chaleur à moins de se jeter dans le fleuve Liri. Le jeune Cesare regarde le ciel : *Combien de temps va-t-il falloir endurer ce calvaire? Quarante jours de plus? Les vieux ne tiendront pas. Il va falloir que je m'en occupe, sinon qui?*

Avec un copain il se rend à l'église San Rocco. Il y fait à peine moins chaud qu'au-dehors.

Cesare dévisage la statue de San Rocco, que l'on fêtera bientôt, le 16 août, si toutefois les villageois ne sont pas morts de soif d'ici là. Et du reste pourquoi le célébrer s'il ne fait rien pour nous? S'il souffrait comme nous souffrons, il ferait venir la pluie. Sous les yeux ébahis de son camarade, Cesare sort de sa poche un anchois au sel enveloppé dans un mouchoir.

— ... Qu'est-ce que tu fais? T'es barjot!?

— Fais-moi la courte échelle.

— ...?

Et voilà Cesare qui, à hauteur du visage de la statue, lui cale l'anchois entre les lèvres.

— Si lui aussi a soif, il agira.

L'histoire ne raconte pas s'il a plu ou non. Le geste me suffit. Mon père a été ce gosse, malin et déterminé. C'est ce Cesare-là qui peu à peu, dans ma mémoire, efface tous les autres.

Et j'aurais aimé être présent le jour où Elena, alors âgée de soixante-dix ans, prend un vol pour l'Italie, accompagnée de sa fille aînée. La carlingue est agitée de turbulences. Les hôtesses se veulent rassurantes mais à chaque trou d'air les passagers retiennent leur souffle et poussent des cris de saisissement. Clara, elle-même mal à l'aise, va devoir calmer la panique de sa mère qu'un rien effraie. Or, l'inverse se produit. Les sièges ont beau trembler, Elena reste imperturbable, elle s'en amuse même. Devant la pâleur de sa fille, elle lui prend la main.

« Ne crains rien, tu es avec moi. »

En quelques mots, elle vient de remettre tout en place.

Pour lui occuper l'esprit, elle raconte à sa fille un de ses rêves secrets ; la première fois qu'elle a pris l'avion elle s'est sentie soudain apaisée, dans son élément.

« Hôtesse de l'air, c'était pour moi. »

Je l'imagine ainsi désormais, libre et légère, aérienne, entre deux destinations, nulle part, là-haut. Hors d'atteinte.

DU MÊME AUTEUR

Aux Éditions Gallimard

LA MALDONNE DES SLEEPINGS, 1989 (Folio Policier nº 3).

TROIS CARRÉS ROUGES SUR FOND NOIR, 1990 (Folio Policier nº 49).

LA COMMEDIA DES RATÉS, 1991 (Folio Policier nº 12 ; Écoutez lire).

SAGA, 1997 (Folio nº 3179). Grand Prix des lectrices de *Elle* 1998.

TOUT À L'EGO, 1999 (Folio nº 3469).

UN CONTRAT. Un western psychanalytique en deux actes et un épilogue, 1999. *Nouvelle édition en 2011.*

QUELQU'UN D'AUTRE, 2002 (Folio nº 3874). Grand Prix RTL-*Lire* 2002.

MALAVITA, 2004 (Folio nº 4283).

LE SERRURIER VOLANT. *Illustrations de Jacques Tardi*, 2006 (Folio nº 4748).

MALAVITA ENCORE, 2008 (Folio nº 4965).

SAGA. Pièce en sept tableaux, 2009.

HOMO ERECTUS, 2011 (Folio nº 5475).

NOS GLOIRES SECRÈTES, 2013 (Folio nº 5845). Grand Prix SGDL de la nouvelle 2014, prix de la Nouvelle de l'Académie française, 2014.

ROMANESQUE, 2016 (Folio nº 6427).

TOUTES LES HISTOIRES D'AMOUR ONT ÉTÉ RACONTÉES, SAUF UNE, 2020 (Folio nº 6949).

PORCA MISERIA, 2022 (Folio nº 7234).

Dans la collection Folio 3 €

LA BOÎTE NOIRE ET AUTRES NOUVELLES. *Nouvelles extraites de* Tout à l'ego, nº 3619, 2002.

L'ABOYEUR *précédé de* L'ORIGINE DES FONDS. *Nouvelles extraites du recueil* Nos gloires secrètes, n° 6085, 2016.

Dans la collection Folio Policier

QUATRE ROMANS NOIRS. La maldonne des sleepings – Les morsures de l'aube – Trois carrés rouges sur fond noir – La commedia des ratés, n° 340, 2004.

Aux Éditions Rivages

LES MORSURES DE L'AUBE, 1992 (Rivages/Noir n° 143).

LA MACHINE À BROYER LES PETITES FILLES, 1993 (Rivages/Noir n° 169).

Chez d'autres éditeurs

L'OUTREMANGEUR. *Illustrations de Jacques Ferrandez*, Éditions Casterman, 1998.

DIEU N'A PAS RÉPONSE À TOUT, tomes I, II et III. *Illustrations de Nicolas Barral*, Éditions Dargaux, 2007, 2008 et 2021. Prix Albert-Uderzo du meilleur album.

LES AMOURS INSOLENTES. 17 variations sur le couple. *Illustrations de Jacques Loustal*, Éditions Casterman, 2010.

LE GRAND PALAIS, CATALOGUE DÉRAISONNÉ. *Photographies de Raphaëlle Galliarde*, Réunion des Musées nationaux, 2010.

LUCKY LUKE CONTRE PINKERTON. *Avec Daniel Pennac, illustrations d'Achdé,* Lucky Comics, 2010.

DES SALOPES ET DES ANGES. *Illustrations de Florence Cestac*, Éditions Dargaud, 2011.

COLLECTION FOLIO

Dernières parutions

6933. Nelly Alard	*La vie que tu t'étais imaginée*
6934. Sophie Chauveau	*La fabrique des pervers*
6935. Cecil Scott Forester	*L'heureux retour*
6936. Cecil Scott Forester	*Un vaisseau de ligne*
6937. Cecil Scott Forester	*Pavillon haut*
6938. Pam Jenoff	*La parade des enfants perdus*
6939. Maylis de Kerangal	*Ni fleurs ni couronnes* suivi de *Sous la cendre*
6940. Michèle Lesbre	*Rendez-vous à Parme*
6941. Akira Mizubayashi	*Âme brisée*
6942. Arto Paasilinna	*Adam & Eve*
6943. Leïla Slimani	*Le pays des autres*
6944. Zadie Smith	*Indices*
6945. Cesare Pavese	*La plage*
6946. Rabindranath Tagore	*À quatre voix*
6947. Jean de La Fontaine	*Les Amours de Psyché et de Cupidon* précédé d'*Adonis* et du *Songe de Vaux*
6948. Bartabas	*D'un cheval l'autre*
6949. Tonino Benacquista	*Toutes les histoires d'amour ont été racontées, sauf une*
6950. François Cavanna	*Crève, Ducon !*
6951. René Frégni	*Dernier arrêt avant l'automne*
6952. Violaine Huisman	*Rose désert*
6953. Alexandre Labruffe	*Chroniques d'une station-service*
6954. Franck Maubert	*Avec Bacon*
6955. Claire Messud	*Avant le bouleversement du monde*
6956. Olivier Rolin	*Extérieur monde*
6957. Karina Sainz Borgo	*La fille de l'Espagnole*
6958. Julie Wolkenstein	*Et toujours en été*

6959. James Fenimore Cooper — *Le Corsaire Rouge*
6960. Jean-Baptiste Andrea — *Cent millions d'années et un jour*
6961. Nino Haratischwili — *La huitième vie*
6962. Fabrice Humbert — *Le monde n'existe pas*
6963. Karl Ove Knausgaard — *Fin de combat. Mon combat - Livre VI*
6964. Rebecca Lighieri — *Il est des hommes qui se perdront toujours*
6965. Ian McEwan — *Une machine comme moi*
6966. Alexandre Postel — *Un automne de Flaubert*
6967. Anne Serre — *Au cœur d'un été tout en or*
6968. Sylvain Tesson — *La panthère des neiges*
6969. Maurice Leblanc — *Arsène Lupin, gentleman-cambrioleur*
6970. Nathacha Appanah — *Le ciel par-dessus le toit*
6971. Pierre Assouline — *Tu seras un homme, mon fils*
6972. Maylis Besserie — *Le tiers temps*
6973. Marie Darrieussecq — *La mer à l'envers*
6974. Marie Gauthier — *Court vêtue*
6975. Iegor Gran — *Les services compétents*
6976. Patrick Modiano — *Encre sympathique*
6977. Christophe Ono-dit-Biot et Adel Abdessemed — *Nuit espagnole*
6978. Regina Porter — *Ce que l'on sème*
6979. Yasmina Reza — *Anne-Marie la beauté*
6980. Anne Sinclair — *La rafle des notables*
6981. Maurice Leblanc — *Arsène Lupin contre Herlock Sholmès*
6982. George Orwell — *La Ferme des animaux*
6983. Jean-Pierre Siméon — *Petit éloge de la poésie*
6984. Amos Oz — *Ne dis pas la nuit*
6985. Belinda Cannone — *Petit éloge de l'embrassement*
6986. Christian Bobin — *Pierre,*
6987. Claire Castillon — *Marche blanche*
6988. Christelle Dabos — *La Passe-miroir, Livre IV. La tempête des échos*
6989. Hans Fallada — *Le cauchemar*

6990. Pauline Guéna — *18.3. Une année à la PJ*
6991. Anna Hope — *Nos espérances*
6992. Elizabeth Jane Howard — *Étés anglais. La saga des Cazalet I*
6993. J.M.G. Le Clézio — *Alma*
6994. Irène Némirovsky — *L'ennemie*
6995. Marc Pautrel — *L'éternel printemps*
6996. Lucie Rico — *Le chant du poulet sous vide*
6997. Abdourahman A. Waberi — *Pourquoi tu danses quand tu marches ?*
6998. Sei Shônagon — *Choses qui rendent heureux* et autres notes de chevet
6999. Paul Valéry — *L'homme et la coquille* et autres textes
7000. Tracy Chevalier — *La brodeuse de Winchester*
7001. Collectif — *Contes du Chat noir*
7002. Edmond et Jules de Goncourt — *Journal*
7003. Collectif — *À nous la Terre !*
7004. Dave Eggers — *Le moine de Moka*
7005. Alain Finkielkraut — *À la première personne*
7007. C. E. Morgan — *Tous les vivants*
7008. Jean d'Ormesson — *Un hosanna sans fin*
7009. Amos Oz — *Connaître une femme*
7010. Olivia Rosenthal — *Éloge des bâtards*
7011. Collectif — *Écrire Marseille.* 15 grands auteurs célèbrent la cité phocéenne
7012. Fédor Dostoïevski — *Les Nuits blanches*
7013. Marguerite Abouet et Clément Oubrerie — *Aya de Yopougon 5*
7014. Marguerite Abouet et Clément Oubrerie — *Aya de Yopougon 6*
7015. Élisa Shua Dusapin — *Vladivostok Circus*
7016. David Foenkinos — *La famille Martin*
7017. Pierre Jourde — *Pays perdu*
7018. Patrick Lapeyre — *Paula ou personne*

7019.	Albane Linÿer	*J'ai des idées pour détruire ton ego*
7020.	Marie Nimier	*Le Palais des Orties*
7021.	Daniel Pennac	*La loi du rêveur*
7022.	Philip Pullman	*La Communauté des esprits. La trilogie de la Poussière II*
7023.	Robert Seethaler	*Le Champ*
7024.	Jón Kalman Stefánsson	*Lumière d'été, puis vient la nuit*
7025.	Gabrielle Filteau-Chiba	*Encabanée*
7026.	George Orwell	*Pourquoi j'écris* et autres textes politiques
7027.	Ivan Tourguéniev	*Le Journal d'un homme de trop*
7028.	Henry Céard	*Une belle journée*
7029.	Mohammed Aïssaoui	*Les funambules*
7030.	Julian Barnes	*L'homme en rouge*
7031.	Gaëlle Bélem	*Un monstre est là, derrière la porte*
7032.	Olivier Chantraine	*De beaux restes*
7033.	Elena Ferrante	*La vie mensongère des adultes*
7034.	Marie-Hélène Lafon	*Histoire du fils*
7035.	Marie-Hélène Lafon	*Mo*
7036.	Carole Martinez	*Les roses fauves*
7037.	Laurine Roux	*Le Sanctuaire*
7038.	Dai Sijie	*Les caves du Potala*
7039.	Adèle Van Reeth	*La vie ordinaire*
7040.	Antoine Wauters	*Nos mères*
7041.	Alain	*Connais-toi* et autres fragments
7042.	Françoise de Graffigny	*Lettres d'une Péruvienne*
7043.	Antoine de Saint-Exupéry	*Lettres à l'inconnue* suivi de *Choix de lettres dessinées*
7044.	Pauline Baer de Perignon	*La collection disparue*
7045.	Collectif	*Le Cantique des cantiques. L'Ecclésiaste*
7046.	Jessie Burton	*Les secrets de ma mère*

7047.	Stéphanie Coste	*Le passeur*
7048.	Carole Fives	*Térébenthine*
7049.	Luc-Michel Fouassier	*Les pantoufles*
7050.	Franz-Olivier Giesbert	*Dernier été*
7051.	Julia Kerninon	*Liv Maria*
7052.	Bruno Le Maire	*L'ange et la bête. Mémoires provisoires*
7053.	Philippe Sollers	*Légende*
7054.	Mamen Sánchez	*La gitane aux yeux bleus*
7055.	Jean-Marie Rouart	*La construction d'un coupable.* À paraître
7056.	Laurence Sterne	*Voyage sentimental en France et en Italie*
7057.	Nicolas de Condorcet	*Conseils à sa fille* et autres textes
7058.	Jack Kerouac	*La grande traversée de l'Ouest en bus* et autres textes beat
7059.	Albert Camus	*« Cher Monsieur Germain,... »* Lettres et extraits
7060.	Philippe Sollers	*Agent secret*
7061.	Jacky Durand	*Marguerite*
7062.	Gianfranco Calligarich	*Le dernier été en ville*
7063.	Iliana Holguín Teodorescu	*Aller avec la chance*
7064.	Tommaso Melilli	*L'écume des pâtes*
7065.	John Muir	*Un été dans la Sierra*
7066.	Patrice Jean	*La poursuite de l'idéal*
7067.	Laura Kasischke	*Un oiseau blanc dans le blizzard*
7068.	Scholastique Mukasonga	*Kibogo est monté au ciel*
7069.	Éric Reinhardt	*Comédies françaises*
7070.	Jean Rolin	*Le pont de Bezons*
7071.	Jean-Christophe Rufin	*Le flambeur de la Caspienne. Les énigmes d'Aurel le Consul*
7072.	Agathe Saint-Maur	*De sel et de fumée*
7073.	Leïla Slimani	*Le parfum des fleurs la nuit*

7074. Bénédicte Belpois *Saint Jacques*
7075. Jean-Philippe Blondel *Un si petit monde*
7076. Caterina Bonvicini *Les femmes de*
7077. Olivier Bourdeaut *Florida*
7078. Anna Burns *Milkman*
7079. Fabrice Caro *Broadway*
7080. Cecil Scott Forester *Le seigneur de la mer. Capitaine Hornblower*
7081. Cecil Scott Forester *Lord Hornblower. Capitaine Hornblower*
7082. Camille Laurens *Fille*
7083. Étienne de Montety *La grande épreuve*
7084. Thomas Snégaroff *Putzi. Le pianiste d'Hitler*
7085. Gilbert Sinoué *L'île du Couchant*
7086. Federico García Lorca *Aube d'été* et autres impressions et paysages
7087. Franz Kafka *Blumfeld, un célibataire plus très jeune* et autres textes
7088. Georges Navel *En faisant les foins* et autres travaux
7089. Robert Louis Stevenson *Voyage avec un âne dans les Cévennes*
7090. H. G. Wells *L'Homme invisible*
7091. Simone de Beauvoir *La longue marche*
7092. Tahar Ben Jelloun *Le miel et l'amertume*
7093. Shane Haddad *Toni tout court*
7094. Jean Hatzfeld *Là où tout se tait*
7095. Nathalie Kuperman *On était des poissons*
7096. Hervé Le Tellier *L'anomalie*
7097. Pascal Quignard *L'homme aux trois lettres*
7098. Marie Sizun *La maison de Bretagne*
7099. Bruno de Stabenrath *L'ami impossible. Une jeunesse avec Xavier Dupont de Ligonnès*
7100. Pajtim Statovci *La traversée*
7101. Graham Swift *Le grand jeu*
7102. Charles Dickens *L'Ami commun*
7103. Pierric Bailly *Le roman de Jim*

7104. François Bégaudeau	*Un enlèvement*
7105. Rachel Cusk	*Contour. Contour – Transit – Kudos*
7106. Éric Fottorino	*Marina A*
7107. Roy Jacobsen	*Les yeux du Rigel*
7108. Maria Pourchet	*Avancer*
7109. Sylvain Prudhomme	*Les orages*
7110. Ruta Sepetys	*Hôtel Castellana*
7111. Delphine de Vigan	*Les enfants sont rois*
7112. Ocean Vuong	*Un bref instant de splendeur*
7113. Huysmans	*À Rebours*
7114. Abigail Assor	*Aussi riche que le roi*
7115. Aurélien Bellanger	*Téléréalité*
7116. Emmanuel Carrère	*Yoga*
7117. Thierry Laget	*Proust, prix Goncourt. Une émeute littéraire*
7118. Marie NDiaye	*La vengeance m'appartient*
7119. Pierre Nora	*Jeunesse*
7120. Julie Otsuka	*Certaines n'avaient jamais vu la mer*
7121. Yasmina Reza	*Serge*
7122. Zadie Smith	*Grand Union*
7123. Chantal Thomas	*De sable et de neige*
7124. Pef	*Petit éloge de l'aéroplane*
7125. Grégoire Polet	*Petit éloge de la Belgique*
7126. Collectif	*Proust-Monde. Quand les écrivains étrangers lisent Proust*
7127. Victor Hugo	*Carnets d'amour à Juliette Drouet*
7128. Blaise Cendrars	*Trop c'est trop*
7129. Jonathan Coe	*Mr Wilder et moi*
7130. Jean-Paul Didierlaurent	*Malamute*
7131. Shilpi Somaya Gowda	*« La famille »*
7132. Elizabeth Jane Howard	*À rude épreuve. La saga des Cazalet II*
7133. Hédi Kaddour	*La nuit des orateurs*
7134. Jean-Marie Laclavetine	*La vie des morts*

7135. Camille Laurens — *La trilogie des mots*
7136. J.M.G. Le Clézio — *Le flot de la poésie continuera de couler*
7137. Ryoko Sekiguchi — *961 heures à Beyrouth (et 321 plats qui les accompagnent)*
7138. Patti Smith — *L'année du singe*
7139. George R. Stewart — *La Terre demeure*
7140. Mario Vargas Llosa — *L'appel de la tribu*
7141. Louis Guilloux — *O.K., Joe !*
7142. Virginia Woolf — *Flush*
7143. Sénèque — *Tragédies complètes*
7144. François Garde — *Roi par effraction*
7145. Dominique Bona — *Divine Jacqueline*
7146. Collectif — *SOS Méditerranée*
7147. Régis Debray — *D'un siècle l'autre*
7148. Erri De Luca — *Impossible*
7149. Philippe Labro — *J'irais nager dans plus de rivières*
7150. Mathieu Lindon — *Hervelino*
7151. Amos Oz — *Les terres du chacal*
7152. Philip Roth — *Les faits. Autobiographie d'un romancier*
7153. Roberto Saviano — *Le contraire de la mort*
7154. Kerwin Spire — *Monsieur Romain Gary. Consul général de France*
7155. Graham Swift — *La dernière tournée*
7156. Ferdinand von Schirach — *Sanction*
7157. Sempé — *Garder le cap*
7158. Rabindranath Tagore — *Par les nuées de Shrâvana* et autres poèmes
7159. Urabe Kenkô et Kamo no Chômei — *Cahiers de l'ermitage*
7160. David Foenkinos — *Numéro deux*
7161. Geneviève Damas — *Bluebird*
7162. Josephine Hart — *Dangereuse*
7163. Lilia Hassaine — *Soleil amer*
7164. Hervé Le Tellier — *Moi et François Mitterrand*
7165. Ludmila Oulitskaïa — *Ce n'était que la peste*
7166. Daniel Pennac — *Le cas Malaussène I Ils m'ont menti*

7167. Giuseppe Santoliquido — *L'été sans retour*
7168. Isabelle Sorente — *La femme et l'oiseau*
7169. Jón Kalman Stefánsson — *Ton absence n'est que ténèbres*
7170. Delphine de Vigan — *Jours sans faim*
7171. Ralph Waldo Emerson — *La Nature*
7172. Henry David Thoreau — *Sept jours sur le fleuve*
7173. Honoré de Balzac — *Pierrette*
7174. Karen Blixen — *Ehrengarde*
7175. Paul Éluard — *L'amour la poésie*
7176. Franz Kafka — *Lettre au père*
7177. Jules Verne — *Le Rayon vert*
7178. George Eliot — *Silas Marner. Le tisserand de Raveloe*
7179. Gerbrand Bakker — *Parce que les fleurs sont blanches*
7180. Christophe Boltanski — *Les vies de Jacob*
7181. Benoît Duteurtre — *Ma vie extraordinaire*
7182. Akwaeke Emezi — *Eau douce*
7183. Kazuo Ishiguro — *Klara et le Soleil*
7184. Nadeije Laneyrie-Dagen — *L'étoile brisée*
7185. Karine Tuil — *La décision*
7186. Bernhard Schlink — *Couleurs de l'adieu*
7187. Gabrielle Filteau-Chiba — *Sauvagines*
7188. Antoine Wauters — *Mahmoud ou la montée des eaux*
7189. Guillaume Aubin — *L'arbre de colère*
7190. Isabelle Aupy — *L'homme qui n'aimait plus les chats*
7191. Jean-Baptiste Del Amo — *Le fils de l'homme*
7192. Astrid Eliard — *Les bourgeoises*
7193. Camille Goudeau — *Les chats éraflés*
7194. Alexis Jenni — *La beauté dure toujours*
7195. Edgar Morin — *Réveillons-nous !*
7196. Marie Richeux — *Sages femmes*
7197. Kawai Strong Washburn — *Au temps des requins et des sauveurs*
7198. Christèle Wurmser — *Même les anges*
7199. Alix de Saint-André — *57 rue de Babylone, Paris 7e*
7200. Nathacha Appanah — *Rien ne t'appartient*

Tous les papiers utilisés pour les ouvrages
des collections Folio sont certifiés
et proviennent de forêts gérées durablement.

Composition Pca
Impression Novoprint
à Barcelone, le 24 avril 2023
Dépôt légal : avril 2023

ISBN 978-2-07-300381-2 / Imprimé en Espagne

550586